CB051941

Ilustração, capa e projeto gráfico **FREDE TIZZOT**
encadernação **LABORATÓRIO GRÁFICO ARTE & LETRA**
revisão **RAQUEL MORAES**
tradução **GIOVANI T. KURZ**

"Obra editada en el marco del Programa Sur de Apoyo a las Traducciones del Ministerio de Relaciones Exteriores, Comercio Internacional y Culto de la República Argentina"

"Obra editada no âmbito do Programa Sur de Apoio às Traduções do Ministério das Relações Exteriores, Comércio Internacional e Culto da República Argentina"

C 515
Chejfec, Sergio
Últimas notícias da escrita / Sergio Chejfec; tradução de Giovani T. Kurz. – Curitiba : Arte & Letra, 2023.

92 p.

ISBN 978-65-87603-64-3

1. Ensaios argentinos I. Kurz, Giovani T. II. Título

CDD 868.9932

Índice para catálogo sistemático:
1. Ensaios : Literatura argentina 868.9932
Catalogação na Fonte
Bibliotecária responsável: Ana Lúcia Merege - CRB-7 4667

ARTE & LETRA
Curitiba - PR - Brasil
Fone: (41) 3223-5302 @arteeletra
www.arteeletra.com.br - contato@arteeletra.com.br

Sergio Chejfec

Últimas notícias da escrita

trad. de Giovani T. Kurz

exemplar nº 041

CURITIBA
2023

El paso de los días nos pierde en las huellas intensas de otros continente, aunque marcas si hacen falta bajo nuestras ventanas. Un buen perseguidor sería capaz de restaurar el palimpsesto y proceder a una lectura del subsuelo, aunque quizás con sus muy eficaces resultados. Las mismas frases incompletas saldrían del fondo. Sólo mantiene contradictoria, diferente del [illegible] por ciertas desavenencias del autor que encontraron la muerte.[1]

[1] Esta epígrafe exige uma explicação. Como éramos quase vizinhos, Salvador Garmendia teve para mim, durante vários anos, uma presença múltipla. Mesmo antes de nos conhecermos pessoalmente, era o escritor renomado e plurifacetado com quem eu tinha amigos em comum, o autor de uma coluna semanal na qual colhia com inteligência elementos do passado cultural em processo de dissolução, e o vizinho de passo vacilante, vestido em ceroulas, que passava sob a minha janela em direção à padaria.
Anotaciones en cuaderno negro [Anotações em um caderno preto] é um livro póstumo de fac-símiles publicado por Elisa Maggi, sua viúva, algum tempo depois da morte de Garmendia. Para além do tom elegíaco e da coloração poética da frase citada aqui, assim como o sentido de outras frases do autor, essas *Anotaciones* têm para mim o valor testemunhal de algo que me intriga e que eu talvez nunca conheça.
Um tanto depois da morte de Garmendia, Elisa me conta de um romance que eu havia dado ao seu marido, agora marcado com rabiscos e anotações de leitura, e diz que queria me entregá-lo como forma de restituir o livro ao seu dono primeiro, o autor, agora também dono da leitura que havia despertado.
Com educação, recusei. Eu sabia que ela estava tentando preservar a biblioteca de Garmendia da cobiça de alguma instituição. Disse-lhe que, na minha opinião, o livro que ela queria devolver pertencia a esse patrimônio orgânico – por assim dizer –, que era uma extensão de Salvador.
O tempo passou e indiretamente fiquei sabendo das dificuldades de Elisa para alcançar seu objetivo: a biblioteca estava em perigo. E quanto mais desanimadoras eram as notícias que eu recebia, mais me arrependia de ter exibido uma relutância tola e injustificada, descartando até mesmo dar uma olhada naquelas anotações ou comentários de Salvador. Ainda hoje me arrependo, e por isso a letra de Garmendia no seu *cuaderno negro* torna-se símbolo de uma atitude, e sobretudo de alguns dons, cuja natureza todavia desconheço, registrados em silêncio e sem dúvidas com extrema graça por esse autor.

Advertência

Praticamente nada mais impede que um livro normal seja a cópia gráfica de um manuscrito. Nem para efeitos de registro textual, nem para efeitos de indexação, seria um obstáculo incontornável que o texto não tivesse passado por um processador. Um grande argumento dos fabricantes das primeiras máquinas de escrever apontava que com essa nova ajuda a impressão se esvaía: o escrito surgia como se já tivesse sido impresso. Desde a modalidade manuscrita até a digital, passando pelas variantes mecânicas e eletrônicas, suas combinações e formas distintas de reprodução, a escrita prescindiu ao longo do tempo das mediações antes necessárias para então alcançar uma nova materialidade. E também se submeteu a elas. O paradoxo mais recente dessa corrida prolongada de materialidades é a plasticidade com que a esfera digital, que tem em si uma relação conflituosa com todo estatuto físico, emula qualquer uma das outras mediações sem comprometer sua intangibilidade ou a eloquência das suas versões.

Toda ferramenta da escrita é também uma ferramenta do pensamento –Nietzsche dixit. A escrita digital não foge à regra, inclusive a excede, porque o digital em seu conjunto tende a produzir também, em certos casos, novos verossímeis da representação

---

Trata-se de uma capacidade de deslizamento, ou de reverberação, da escrita manual que está também entre as motivações deste ensaio. E que Garmendia, com sua sabedoria silenciosa, me fez ver: "O passo dos dias nos precede nas pegadas intocadas de outro caminhante, cujas marcas se tornam falsas sob as nossas passadas. Um bom perseguidor seria capaz de restaurar o palimpsesto e proceder à leitura do subsolo, embora talvez com resultados não muito eficazes. As mesmas frases incompletas surgirão do fundo. Apenas matéria quebradiça, distinta da poeira por certas distâncias de cor que embaçam a vista". [*El paso de los días nos precede en las huellas intocadas de otro caminante, cuyas marcas se hacen falsas bajo nuestras pisadas. Un buen perseguidor sería capaz de restaurar el palimpsesto y proceder a una lectura del subsuelo, aunque quizás con no muy eficaces resultados. Las mismas frases incompletas subirán del fondo. Solo materia quebradiza, diferente del polvo por ciertas distancias de color que enturbian la mirada.*]

narrativa. Uma das premissas deste livro é de que a escrita como tal, enquanto inscrição sobre uma superfície, confronta-se na era digital com mecanismos analógicos imateriais: a textualidade eletrônica pressupõe a existência de um original escrito, porém todos sabemos que é uma presunção elíptica, refere-se a uma etapa desnecessária para a escrita, embora se apresente como se tivesse cumprido com os requisitos físicos necessários.

O esforço da escrita digital para solapar a ausência de substrato físico obedece a essa condição incompleta, sua imaterialidade fundamental. Mas o que falta deve ser reposto, mesmo que de maneira ilusória. Esta é claramente uma preocupação central de diversas propostas literárias e estéticas em geral: substituir uma perda, ou antes remendar um passo em falso. É quando o manuscrito, ou alguns dos atributos mais fortemente ligados a ele, são direta ou indiretamente convocados pela escrita digital, como reparação de uma incompletude.

Assim, as escritas manual e digital seriam extremos distantes e ao mesmo tempo enredados de uma atividade com traços de natureza. A escrita está presente no mundo como uma dimensão natural da existência das coisas. Este livro tenta descrever alguns dos efeitos ou das possibilidades literárias desses laços traiçoeiros de convivência entre ambas as escritas.

Por último, um parágrafo de agradecimento a Craig Epplin, Víctor Gomollón, Reinaldo Laddaga, Sebastián Martínez Daniell, Mercedes Roffé e – como sempre – Graciela Montaldo, que de diferentes maneiras e por diferentes meios, com sua presença, comentários e argumentos ampararam a escrita destas últimas notícias.

Um. Este livro pode ser lido como a história de um caderninho. Refiro-me a uma caderneta de anotações ou um bloco de notas, não sei como chamá-lo melhor, não importa muito, que carrego comigo há tantos e tantos anos.[2] Um objeto que adotei de imediato, ao vê-lo meio esquecido na vitrine de uma loja pouquíssimo glamurosa, em um bairro afastado de uma cidade que eu mal conhecia e até onde tinha caminhado sem nada melhor para fazer.

A cena mostra o seguinte: ruas largas e meio neutras que não inspiram curiosidade ou entusiasmo. E na metade de uma manhã deserta, embora bastante fresca, alguém parado diante do mostruário de uma lojinha. Sou eu; olho com atenção para o caderninho verde ao lado de um vaso estreito, para duas flores apenas, de cor semelhante. Talvez em primeiro lugar tenha chamado minha atenção a miniatura curiosa que os objetos formavam: o caderno, que era bastante grosso, passava a ser a construção maciça e firme de uma fábrica; e presa a ela estava a chaminé imponente através de cuja altura fornos e máquinas ocultos pelo edifício (o caderno) liberavam calor e cinzas. Pareceu-me que em meio àquela solidão dupla – da vitrine e da rua – os dois seres, se é que posso dizer assim, estavam forçados a um exílio silencioso e remoto, similar ao dos museus.

Fui imediatamente arrebatado por esse caderninho. Em primeiro lugar, atraiu-me o fato de ser um objeto rústico, a anos-luz

---

[2] Ou pode ser lido como as consequências da sua presença ao longo do tempo. Qualquer presença prolongada torna-se fantasmagórica. Em geral, não gosto que as coisas contem ou argumentem por mim. Por isso, o caderninho estará presente nestas páginas mesmo quando eu o mencione pouquíssimo, no sentido em que é, por vezes, inspiração distante e cenário turvo de diferentes abordagens da escrita.

Uma segunda advertência: o caderninho não seria a ferramenta que me permite escrever e então – ou antes – pensar e, se for o caso, seguir escrevendo ou não (ou seja, um artefato adaptável a diferentes condições), mas sim o complemento que tomo como companhia para ter presente a escrita enquanto um fenômeno curioso, de chama perene, paradoxalmente nem sempre visível. O caderninho como amuleto, mas na verdade também como lábaro de uma espécie de doutrina. Por outro lado, há uma crença pessoal mas partilhada por muitos, embora em diferentes graus e intensidades: a crença na escrita. Alguém pode defender com seriedade que a escrita não existe? Seria como negar a chuva. Pois bem, o caderno a que me refiro passa a representar muitos laços com o escrito, que se apoiam na disposição oscilante a respeito dessa crença.

de qualquer ideia de sofisticação ou elegância. Em segundo lugar, era baratíssimo. Depois soube que era de fabricação chinesa. Os apetrechos chineses ainda não colonizavam o mundo tão massivamente como fariam depois – e, a esse respeito, gosto de pensar que talvez esse avanço virtual tenha reduzido a confiança à sua própria efetividade, graças ao sucesso inscrito nesses cadernos perfeitos; sucesso relativo, contudo, pois nunca mais os vi.

Origem do "problema"

O caderninho me acompanha desde aquele dia, em que pouco fiz além de perder tempo, e do qual tenho lembranças assombrosamente duradouras, embora pouco importantes. A paisagem, por exemplo; quadras e quadras de fachadas indistintas e terrenos abertos que se podia atravessar em diagonal para chegar a qualquer uma das ruas contíguas. Ou então atalhos extensíssimos e disponíveis, que só exigiam um pouco de orientação se alguém queria cortar caminho, como se a ordem das ruas fosse opcional.

Naquela tarde não levei em consideração um dado prático do caderninho: sua quantidade grande de páginas, umas trezentas. Todas de um tom claro que com o tempo viraria amarelo, com vinte e duas linhas cada uma, de uma regularidade bastante hipnótica. Fazia pensar em um mar calmo à espera de ser atravessado, mas também em uma continuidade horizontal inquieta, página após página.[3] A espessura todavia tornava o objeto mais único; não era um desses cadernos para usar e esquecer rapidamente. Aqui está uma imagem do objeto, fechado e então com uma página aberta.

---

[3] Uma lembrança: a caraminhola que as linhas me produziam nos começos da escrita. Revivo muitíssimo bem a vergonha diante da professora da primeira série, impaciente quando ergui a mão para perguntar, enquanto os outros se debruçavam tão tranquilos sobre suas carteiras, como poderia continuar escrevendo se as linhas tinham acabado.

De volta à rua, senti-me absolutamente reconciliado comigo, graças ao passo enorme dado na direção de organizar, e sobretudo unificar, minhas anotações. Até então eu anotava em papéis soltos, folhas dobradas ao meio ou arrancadas de cadernos prosaicos uma vez moldados – se é que se pode dizer assim – a nota ou o pensamento. Esse caderninho despertou meu desejo de reunir as anotações, o que quer que isso signifique, em um só lugar; mas devo elucidar que esta decisão não partiu das suas virtudes utilitárias, que realmente existem – decerto para outra pessoa –, mas sim da sua aparência delicada que, como eu disse, produziu um imediato pacto de convivência.

O caderno foi também sinal da iminente – ou talvez já instalada, mas pouco visível para mim – generalização de caderninhos ou pequenas agendas de diferentes marcas e configurações (em primeiro lugar, e principalmente, os Moleskine): mais ou menos na mesma época comecei a receber cadernetas sofisticadas ou bloquinhos de anotações – como se o caderno verde em minha posse tivesse ativado uma fluência automática. O presente indicado para alguém que se supõe escritor. Abundância apesar da qual me mantive fiel ao caderninho chinês – embora, dados os meus hábitos de escrita, ele tenha produzido sérias dificuldades e alguns temores relacionados com elas, ainda válidos, como explicarei agora.

O caderninho representa algo próximo a um problema. Um objeto cativante do qual eu não conseguia me separar (nas poucas vezes em que temi tê-lo perdido, senti algo semelhante a uma ameaça física, estava em jogo parte essencial da minha condição), e ainda assim aquilo que às vezes escrevo em suas páginas me parece um tanto instável, tanto que ocasionalmente se apaga da minha memória como se fosse de uma consistência bastante precária, ou como se não me pertencesse por completo, na medida em que está materialmente escrito. Será preciso que o cativante se enuncie também como inseguro?

Dois. A certa altura da minha relação oscilante com o caderno, e talvez graças a ela, descobri a anomalia inscrita nessa presença não tão firme, mas eloquente, do escrito. O ponto que me permitiu entrever uma dimensão da escrita manual que até então me tinha passado despercebida. Não me refiro aos meus motivos para escrever – por sua vez sempre pouco claros –, mas ao estatuto físico da própria escrita. Eu mesmo tinha cultivado relações descontínuas com minhas notas manuscritas. Quero dizer, um dos principais receios, mais ou menos recorrentes, foi (e segue sendo) nunca terminar de preencher, de preferência com ideias e impressões honestas e se possível inteligentes, aquelas trezentas páginas.

Escrevo no passado, mas não seria menos verdadeiro se o fizesse no presente. O prognóstico de não completar o caderno me soava mais plausível do que a ilusão de conseguir. Era uma paisagem de Sísifo. O que significava renunciar para sempre ao desejo de adotar um novo caderninho (e assim reviver a exaltação escolar de estrear um caderno novo). Mas também sinalizava outra coisa que me custou entender, em parte devido, paradoxalmente, à simplicidade empírica do fato: acabar o caderninho poderia significar esgotar um espaço dado; isto é, era como *terminar* ou, mais precisamente, como *ter* um livro. Uma dessas operações que assumem um sentido mais verdadeiro, mesmo quando emprestadas de outras coisas mais ou menos próximas; neste caso, publicar. Assim, a partir dessa equivalência quantitativa com certo protocolo livresco, a grafia manual se revelava uma simulação virtuosa impensada; formato para o qual, no entanto, eu não estava preparado devido à minha relação bastante acidentada com a escrita manual.

Tudo anunciava que seria constantemente inédito. Recuperava assim outro tipo de fantasia, neste caso negativa, quando durante os primeiros anos como escritor tinha acumulado uma dose grande de paciência – ou impaciência? – diante de uma publicação em geral e das editoras em particular. Em outros lugares, fiz referência ao problema de ter um caderninho de notas interminável: à medida que o tempo passa, torna-se evidência do não escrito, mais do que vestígio daquilo que se escreveu. Pensava então que para a posteridade – o que quer que isso signifique – ficaria um caderninho bastante incompleto, mostra da indolência textual deste assim chamado autor, incapaz de preencher um limitadíssimo número de linhas comparado com as oportunidades que tivera de ir avançando ao longo de várias, intermináveis, décadas.

É assim que o caderno verde me acompanha como se fosse um talismã equívoco. Um objeto que me inibe e me envergonha. Lembra-me daquilo que sou, e deste modo me afirma no que sou. Digamos que é aquilo que me faz pensar, sem que nada no restante da realidade o confirme, que o meu é antes de tudo embrionário; que sempre começo a escrever deixando de fazê-lo, em um mesmo movimento.[4]

---

[4] A ambivalência obedece, acredito eu, a um tipo não natural de relação com a literatura, e mais especificamente com a escrita. Não muito tempo atrás, aconteceu-me de participar de uma conversa pública com um escritor conhecido. Acredito que, com conhecidos, não se deveria fazer perguntas diretas. É preciso cercá-los de pensamentos relacionados aos seus textos, que os levam a supor que em grande medida são conhecidos pelo tipo de ideias que eles sugerem. Uma das coisas que eu pensava em dizer, mas que no fim não tive chance de apontar – não creio que seja difícil imaginar o porquê –, era a seguinte: seria possível dividir os escritores entre aqueles que têm uma relação natural ou não natural com a literatura. Não quero dizer que uma relação natural implique uma relação pacífica e, inversamente, que uma relação não natural seja conflituosa. Prefiro pensar que alguns escritores assumiram desde o começo uma vizinhança com a literatura, e que para outros isso foi motivo de idas e vindas, maquinações, indecisões etc. Na Argentina, por exemplo, o caso arquetípico é Borges – quando não? E a mesma autoconstrução da sua figura o esboça rodeado por livros,

É nessa relação ambígua que tenho com a escrita manual, pela qual sinto uma nostalgia infinita e uma devoção todavia carente de consequências práticas, creio que está a base de algumas das perguntas que, como ritual ou prática quase etnográfica, esta escrita me segue suscitando e, sobretudo, o material evasivo e intrigante que sigo encontrando em cada um dos detalhes que a cada instante se tornam evidentes.

Três. A escrita manual se prolonga no tempo de modo único. Como se nunca deixasse de ser escrita. É provável que a atração exercida pelos manuscritos decorra dessa promessa de continuidade – resultado do seu maior patrimônio, embora equívoco: a imutabilidade. No entanto, a atração dos manuscritos se deve também à atração exercida por outras técnicas de escrita; todas as atrações se recortam em um espaço comum de influência e de carências complementares. Sentimo-nos atraídos pelos manuscritos porque, em comparação com as escritas seriais ou mediadas (sejam originárias de máquinas de escrever, de processadores de texto, de transcritores automáticos), apenas a escrita manual tem inscrita a marca da hesitação.[5]

---

lendo desde muito criança, inclusive de um modo mais natural do que lhe ocorreu dizer. Para usar uma metáfora de Arturo Carrera, quando se refere, com Alfredo Prior, a "crianças que nasceram penteadas", mas também, como certa vez o ouvi dizer, escritores que nascem penteados; toques no cocuruto que aludem a algo mais do que um saber, sobretudo a um pertencimento ou uma familiaridade consubstancial ao seu desenvolvimento. Como se tivessem nascido sabendo ser escritores. E no outro extremo, é fácil examinar outros escritores que encontram esse vínculo letrado como algo não natural e constroem sua relação com a literatura sobre outras bases.

[5] Com hesitação não me refiro a uma indecisão textual (qual palavra usar, como seguir a ideia etc.), ou não apenas, senão à mesma titubeação física que se incorpora à letra de cada um. Até nas caligrafias mais harmônicas e proporcionais se pode encontrar esse tipo de rastro; e é portanto algo comum em quase todos os casos. Um dos que mais me chamam a atenção é o de Juan José Saer, que também vou mencionar mais adiante. Quando, há algum tempo, tive a chance de ler seus manuscritos, em vários deles – não todos – encontrei uma quebra de padrão em toda letra "S" que aparecia na metade de uma palavra. Como se cada uma delas exigisse um descanso, ou tivesse sido difícil de engatar na letra seguinte. Portanto, nota-se que as palavras com o "S" intermediário apresentam uma brecha apenas um pouco maior do que entre as outras letras, embora perceptível, em especial quando a ela se segue

O ponto de partida para as ideias que se seguem é a minha convivência com o mencionado caderninho verde. Uma comunhão que me despertou mais perguntas do que as questões que acabei por escrever em suas folhas brancas.

Modos de copiar

O caderninho, como objeto manual, é uma alternativa ao computador. Em suas páginas por vezes faço anotações; outras vezes algo não muito diferente, mas que para mim obedece a outra categoria porque corresponde à história ou ao ensaio que estou escrevendo. Anoto também questões mais pontuais: lugares, dados, instruções, coisas que não chego a escrever em outros papéis, ideias para ter comigo. Também pode ser que tenha pressa em copiar algo, como alguém que me liga, e se tenho por perto apenas o caderninho, surge um problema, porque depois serei incapaz de arrancar o menor pedaço que seja desse objeto já maltratado, mas ainda assim bastante disponível.

Isso quer dizer que, assim como o caderno é por vezes um sucessor do computador, o que escrevo em um é o sucessor daquilo que escrevo em outro? Não creio que seja uma comparação fácil. Em primeiro lugar, porque o caderno não é uma máquina; o computador, sim. Como máquina, pode fazer muitas coisas, como assumir o lugar de alguém para destruir. Isto é, se percebo que estão ultrapassados e já não me interessam, não tenho problemas em apagar documentos ou fragmentos de escrita que estão "dentro" do processador; mas sou incapaz de arrancar o canto mais insignificante de uma folha qualquer do meu caderninho, ou de riscar qualquer palavra, frase ou fragmento que seja único.

---

uma consoante. Esses tipos de hesitações me intrigam tanto que por vezes, diante da falta de respostas, tendo a buscar explicações poéticas, ou construtivas, e começo a esboçar relações, por exemplo, entre reflexividade (notória no caso de Saer, dado o caráter rítmico da sua argumentação) e forma da escrita. São hipóteses que não levam a lugar algum, mas que me servem para atribuir a esses traços da escrita manual uma materialidade que independe do seu próprio vestígio.

Não sei o que isso significa. Que o meu apego à presença do caderninho é maior do que a centralidade que minha escrita deveria ter? Penso também que o vínculo quase devocional que me une ao caderninho provém da sua condição negativa ou até mesmo espectral, já que, se penso bem a este respeito, boa parte do vazio inibidor das suas páginas representa tudo aquilo que escrevi servindo-me de outros meios, e sobre outras superfícies. Essas folhas seriam então o suporte de algo que não se vê, porque está escrito em outra parte; o espaço livre que se deve resguardar pois representa um preço, uma massa textual silenciosa que se manifesta através do branco, ou simplesmente a superfície que é dimensão paralela de uma trama desenvolvida em outro lugar.

E há uma terceira maneira de considerar esse caderno verde por fora e amarelo por dentro. Mais cedo ou mais tarde acabo por copiar boa parte daquilo que escrevo ali a outro espaço. Gosto que seja uma superfície de transição, não apenas um objeto secundário para a minha escrita, e que tudo aquilo ali exija uma tradução menos ou mais indireta. É assim, em que pese o uso intermitente – embora com uma frequentação habitual –, que o caderno se revela para mim em dois procedimentos que estão entre os que mais associo com a ideia da criação literária: a escrita manual (mesmo quando a tenha deixado quase de lado) e a transcrição.[6]

Quatro. Há muitos anos dediquei tardes inteiras a copiar histórias de Kafka. Tinha uns cadernos de capa mole e cor marrom, de formato escolar embora com poucas páginas. Não apenas seu

[6] A transcrição é para mim uma tarefa bastante associada à revisão e a reescrita; e quase indissociavelmente ligada à ideia de criação e concepção literária. Ainda que com os processadores de texto a transcrição já não seja necessária como fora com as máquinas de escrever ou com os manuscritos, segue funcionando mentalmente como emblema de uma série de operações de reescrita, avanço e desenvolvimento textual. Muito notoriamente, o trabalho de reescrita e transcrição permite produzir originais ainda que, em termos paradoxais, mais nos distanciemos deles quanto mais se o transcreva e reescreva.

formato era escolar: eu acreditava que algo da literatura daquele autor se impregnaria em mim graças à transcrição. Agora poderia chamar de muitas maneiras aquilo que eu pensava que se impregnaria, mas àquela altura se tratava do sentimento.

Encontrava nas suas histórias e narrativas um sentimento bastante nebuloso, que precisava menos adotar, creio, do que conhecer. No entanto, não há outra forma de conhecer um sentimento senão sentindo-o, mesmo que por um instante brevíssimo ou por meio de experiências delegadas como aquelas que a literatura oferece. Recorri então às sessões de cópia, meio transtornadas na sua disciplina e solenidade solitária, com a esperança de que se produzisse uma empatia entre ambos os sentimentos – os de Kafka e os meus – através da transcrição daquelas histórias que, além de tudo, eram versões traduzidas ao espanhol.

Mas o encargo não era apenas de copiar; tornou-se um hábito de leitura que exigia a cópia à mão para assumir uma velocidade ideal, especialmente lenta, adaptada às minhas circunstâncias. Alguém poderia dizer que aqueles exercícios consistiam em uma "tradução", se a tradução pudesse significar qualquer coisa; mas obviamente não se tratava disso. Como dizer...? Era uma leitura reconstrutiva, da qual eu me servia do único bem intangível que tinha então, a minha capacidade de copiar.[7]

---

[7] Um filme de João Moreira Salles, Santiago — Reflexões sobre o material bruto, de 2007, fala também da escrita enquanto cópia e apropriação. Embora pareça um traço anedótico, a paixão transcritora do protagonista reflete-se inversamente na decepção documental que o filme propõe como conclusão de si mesmo. O longa é dedicado a Santiago Badariotti Merlo, antigo mordomo da família Moreira Salles. O filme mostra a certa altura as transcrições feitas por Santiago durante boa parte da sua vida. Na cena ele apresenta sua "velha metralhadora", uma máquina de escrever Remington (Friedrich Kittler aponta em seu livro, do qual falarei mais adiante, o protagonismo das grandes fábricas de armas na difusão massiva das máquinas de escrever; dado que, por outro lado, talvez Julio Cortázar tivesse em mente ao também propor a metáfora da metralhadora como sucessora revolucionária da máquina de escrever). Em todo caso, Santiago Badariotti copiou umas trinta mil páginas de livros, em três continentes e ao longo de várias décadas. Tinha uma predileção pelas aristocracias e histórias dinásticas – de qualquer país, região ou cultura –, preferivelmente de grandes impérios e linhagens poderosas. Ateve-se aos idiomas originais dos livros consultados, que ele transcrevia

Em um segundo movimento, meti-me diretamente a escrever contos ou narrativas de forte inspiração kafkiana, talvez porque pensasse que aquelas sessões de transcrição haviam tido algum efeito benéfico. Não me concentrava na minha letra, e no fundo tinha orgulho dela. Era o instrumento propício para reavivar uma aproximação espiritual do grande escritor, que antes já se tinha produzido graças a uma transcrição da qual, naturalmente, essa mesma letra havia sido um meio obrigatório.[8]

Nessas histórias kafkianas, a dificuldade principal consistia em prescindir de cenários e ações prosaicos – alguém poderia dizer que o mesmo problema surgiu para Kafka, embora ele tenha sabido aproveitá-lo para sua arte. Em Kafka as coisas me soavam àquela altura tão lendárias, mas ao mesmo tempo tudo resumia sentimentos de tal modo precisos e humanos que a única maneira de os absorver passava por, de alguma forma, adaptá-los. (Talvez em outro lugar eu descreva a sensação estranha de coincidência e divergência que durante tanto tempo senti diante das histórias de Kafka.)

O problema era que as minhas "adaptações" já tinham de início esse "sentimento" que, conhecido unicamente por mim, apenas a mim era possível compreendê-lo. De modo que consistiam em variações abstratas e circulares que simbolizavam premissas

---

com minúcia em folhas brancas ou em papéis timbrados de hotéis. E na margem dos episódios pelos quais tinha predileção acrescentava frases de entusiasmo ou censura. No filme, fica evidente o contraste entre o vazio da grande casa familiar agora desocupada e a acumulação no pequeno apartamento de Santiago, abarrotado de objetos, enfeites e símbolos culturais. O legado de Santiago são as trinta mil páginas de transcrições, que em pilhas enormes de papel enchem uma biblioteca. A história dos papas, por exemplo, ocupa mais de mil páginas. A materialidade desmedida do empreendimento de Santiago exprime usos variados do escrito, sobretudo usos "inocentes", e de suas ferramentas vizinhas, que a arte pode às vezes observar com admiração ou desconfiança, mas que lhe são tão difíceis de compreender.

[8] Como antigo aluno de colégio técnico, eu havia adquirido uma caligrafia do tipo "impressão manuscrita" – algo equivalente a dizer "letra de imprensa", com a ressalva de que esta última é uma espécie de exceção ou requisito para preencher em geral formulários, enquanto a ideia de uma "impressão manuscrita" significa que é o tipo de letra habitual na escrita de alguém. Ela consistia basicamente em emular a tipografia clássica das máquinas de escrever e, sobretudo, afastar o lápis do papel entre uma letra e outra. Supunha-se que previa uma escrita mais legível, adequada para a preparação de croquis, tabelas, fórmulas e referências.

arbitrárias, das quais todavia eu não queria me separar de forma alguma, pois constituíam o único elemento que sustentava a minha imaginação. O resto consistia em uma galeria de alusões verossímeis, no melhor dos casos, quando não diretamente de ressentimentos pedestres ou paralelismos cujas chaves eram particulares demais, embora de pretensões transcendentais.

Tanto os cadernos kafkianos quanto os demais –todavia também kafkianos– desapareceram. Como eu dizia, tinham poucas páginas, apropriadas para as parábolas breves e densas deste autor. Mas conservo a lembrança da minha confiança de então na letra manuscrita: o instrumento essencial graças ao qual os sentimentos do entorno da escrita se amarravam, e mesmo os dons – desaprovados, naturalmente – podiam ao menos ser imitados, se não adquiridos. E lembro-me também que essa confiança mecânica na caligrafia se traduzia outra vez em uma exaltação, por assim dizer, inocente e textual que hoje só muito esporadicamente sou capaz de recuperar.

Talvez por isso a escrita, para mim, esteja ligada desde o começo a uma ideia de disciplina moral, da qual, mesmo quando me resta por escrever bastante menos do que tenho escrito, me seja difícil separar. Kafka era meu único modelo; eu devia, portanto, estar em sintonia com algum nível profundo da sua inscrição espiritual – era isso que justificava a escrita – e, sobretudo, devia ser consciente do significado ou das implicações daquilo que eu escrevia, como se o desenvolvimento da narração não fosse tão diferente de uma argumentação ponderada e organizada. Porque se tratava de construir uma verdade fortemente inscrita no lado oculto da história, embora não excessivamente escondida a ponto de ser inverificável.

Mas não escrevo isto aqui para falar de Kafka – de cujas sessões de escrita já se disse bastante –, senão para mencionar apenas esses começos nos quais por meio da escrita manual, transcrevendo ou *copiando*, eu sentia que podia adotar conteúdos, sentimentos ou aptidões alheias. O gesto de escrever, o desenho da letra, a cerimônia silenciosa, tudo me submetia a protocolos que não me pertenciam, mas que silenciosamente me ofereciam uma hospitalidade que o mundo próximo me negava. E vem daí também o outro elemento, a escrita como algo sobre o que se devia atuar. Atuar para que alcançasse um grau natural de verdade, e para que cada uma das poses, inclinações, atitudes etc., vinculadas com a escrita, fosse um salvo-conduto mais eficaz para que não mudasse, mas para que uma natureza adicional vinculada à escrita ou ao literário em geral viesse resgatar-me da angústia e do desamparo.

Pode soar inocente, mas devido a tudo isso a escrita segue me oferecendo vários pontos de um mistério irredutível. Obviamente, dado o que acabo de dizer, não provêm da minha própria prática; são antes mistérios que levantam voo quando, por vezes, assisto aos efeitos ou aos vestígios da escrita de outros.

Cinco. Das instalações artísticas relacionadas à escrita literária. Ainda que não me pareçam complementares, e embora eu não creia que haja entre ambas uma relação pacífica – pelo contrário, seria possível pensar que são propostas bastantes antagônicas –, tenho a impressão de que refletem uma grande tensão atual por assimilar esses estilhaços de diferentes práticas em que a escrita se converteu como tarefa material regida por distintas ferramentas e modalidades.

As formas materiais de escrever são diversas e podem implicar vários tipos de artefatos; e no entanto o paradoxo, ao menos por agora, é que os resultados, pelo contrário, são pouquíssimo diferentes. A organização textual permanece basicamente a mesma do passado: a palavra, a linha, o parágrafo, a página. Apenas as experiências próximas ou remotamente derivadas do hipertexto conseguem desestabilizar tal sucessão simétrica expressada pela pauta e pela concatenação textual. Mas trata-se de uma desestabilização restrita, na medida em que, quando abandona a esfera digital, essa massa escrita deve voltar ao cerco da hierarquia da página e do suporte gráfico editorial.

As duas experiências de instalação a que me refiro se baseiam na ideia e na prática da cópia – cópia no aspecto escritural da palavra. Quando se trata de copiar sem servir-se de procedimentos mecânicos, químicos ou eletrônicos, a única opção é repetir a escrita: a transcrição literal da sucessão de palavras e signos que compõem um texto. É uma espécie de proposta artística que instala em um lugar reconhecível a manualidade, isto é, o empenho físico relacionado com a proposta estético-conceitual. Digamos que a tarefa material seja condição excludente para que a obra tenha tal valor, pois de outro modo a dimensão conceitual se fragilizaria na medida em que se veria reduzida, como por vezes acontece em outros casos, a uma mera ideia. Transe físico entendido também como exercício de aptidões propriamente plásticas cujo esforço ou virtuosismo acaba por compensar o pragmatismo conceitual da obra. Refiro-me a uma obra de Fabio Kacero, por um lado, e por outro a uma série de sessões performáticas, que se desdobram em obras, de Tim Youd.

Não tive a chance de ver a instalação de Kacero, uma versão manuscrita de "Pierre Medard, autor do Quixote", o conto famoso de Borges.[9] Minha impressão é de que a ideia de cópia está presente em um sentido especialmente manual, mais do que pictórico. Kacero descarta a alternativa de uma mera transcrição literal (para a qual bastaria reescrever a textualidade, exercendo qualquer escrita), mas também rejeita emular o manuscrito de Borges (para isso seria preciso assumir cada página do original como uma

[9] Esta instalação fez parte da retrospectiva de F. Kacero, Detournalia, no Museu de Arte Moderna de Buenos Aires, entre 3 de julho e 19 de outubro de 2014. Pedi a dois amigos que tratassem de conseguir o catálogo da mostra; a um deles disseram que estava esgotado, ao outro que não havia sido publicado por falta de financiamento. Este último, P, solidário com a minha curiosidade, foi fazer fotos e vídeos da mostra, que logo me mandou, embora evidentemente sejam difíceis de reproduzir aqui.

combinação precisa de grafia, linhas, inclinações e deslizamentos, em que por outro lado a densidade do traço, a natureza específica do papel etc. teriam uma incidência gigantesca). Mais ainda, a intenção parece ter sido de apanhar as letras de Borges tomadas individualmente – talvez como postulado irônico a favor de uma eventual família tipográfica –,[10] mas ao custo de evitar a mácula escritural, isto é, a tela verdadeira de todo escritor: o manuscrito como manifestação plástica sobre uma superfície branca, a página, e em negociação com ela.

O empenho grafológico tem como resultado uma reprodução não técnica (não mediada pela tecnologia; seria preciso dizer reprodução *atécnica*?) do manuscrito de Borges. Há um esforço de adaptação manual, imaginamos, e convergência caligráfica. Kacero conquista a letra do autor; ele a "extrai" como se fosse o traço inimitável de um artista – e na verdade é.[11] Aliás, a proposta aproveita também a oscilação ou ambivalência que pode existir entre as noções de "cópia" e de "imitação". Embora toda escrita caligráfica seja única por definição e em maior ou menor grau conteste, por travessura, a ideia de imitação, a ideia de cópia ou emulação exige uma validação prévia: neste caso, o original e os atributos que irradia, ou seja, a letra de Borges enquanto autor das suas obras, aquele que torna pertinente e não irrelevante a operação de Kacero.

---

[10] Uma espécie de Lorem ipsum borgeano? No melhor dos casos será isso, na medida em que o borgeano, em qualquer nível, converteu-se há bastante tempo em uma língua franca por meio da qual distintos registros e intenções estéticas encontram um campo propício do qual colher sentidos conceituais comuns, com limites de exposição crítica assegurados.

[11] Troquei algumas mensagens com Kacero a respeito da sua instalação enquanto tratava dos últimos detalhes do livro. Cito a seguinte frase sua, que revela uma sequela aparentemente duradoura da operação e uma das suas premissas: "(...) uma vez que decidi pela apropriação (...) do conto, não me pareceu que a letra de Borges fosse um elemento necessário para a obra. No entanto a mantive. Por outro lado, minha própria letra nunca voltou a ser a mesma, ficou como em uma espécie de mix entre a de Borges e a minha anterior. Fusão bem-sucedida, como informa com neutralidade a máquina de Brundle no filme A mosca, ao gestar o híbrido monstruoso". F. Kacero, 17 de abril de 2015.

Por outro lado, a oscilação entre as ideias de cópia e imitação orbita também o conto de Borges. O narrador quer acreditar que Menard imitou Cervantes de um modo tão característico e único que alcançou os mesmos resultados literários; enquanto isso, em um nível secundário do texto, tende a deixar claro que na realidade Menard "copiou" o Quixote, e que portanto a inteligência que se atribui ao seu gênio na verdade obedece à leitura da qual se encarrega o narrador. É como se o conto dissesse: Menard foi um gênio ao imitar Cervantes; não por isso simplesmente o copiou.[12]

Agora, o original do "Pierre Menard..." conservou-se como suporte irônico do empenho manual de Borges e obviamente também como documento filológico de um artefato textual (para os estudiosos que se detêm exemplarmente em remendos, acréscimos e rasuras). O original de Kacero toma de empréstimo do original borgeano uma noção de autoridade à qual ele acata de um modo, pelo menos à primeira vista, excessivo, talvez porque não resolve a irresolução entre imitação e cópia que propõe – e quem sabe precisa não resolver – a instalação.

[12] É verdade que simplifico bastante as implicações conceituais do Menard de Borges. Em especial aquelas vinculadas ao papel da leitura, que não menciono por medo de um deslize fatal. Desse ponto de vista, o conto possivelmente se mostre o menos inspirador de todos os de Borges para uma eventual imaginação caligráfica.

Seis. A escrita manual sempre foi matriz e álibi do alinhamento simbólico. Nas anedotas iniciáticas de escritores é comum encontrar experiências de mimeses caligráficas cuidadosas como busca por uma apropriação estética e intelectual, quando não de impregnação moral ou espiritual, daquele escritor admirado mais do que qualquer outro, aquele da escrita dolorosamente alheia mas decisiva. Essa confiança nas virtudes pedagógicas instantâneas da caligrafia do próximo pode ser vista como exemplo da fragilíssima consciência pictórica que, em geral, o escritor, como sujeito, tem sobre sua própria letra escrita. A importância suprema dada à letra manuscrita corresponde a uma crença estranha à prática propriamente literária, ao contrário do que ocorre com as artes plásticas, em que o traço individual é central para definir desdobramentos, estilos e procedimentos.

E no entanto a escrita é um grande tema literário, na medida em que a letra manuscrita é cada vez mais uma prova fática, em um contexto cada vez mais vazio delas, de autorreflexividade. Pode-se lembrar daquele verdadeiro *leitmotiv* de Mario Levrero, quando se obriga em *El discurso vacío* [O discurso vazio] a exercícios de transformação da caligrafia como um modo de melhorar seu próprio caráter moral e as virtudes da sua criação. Ou então da transformação que implicou para Robert Walser abandonar a caneta, objeto que, segundo ele, o aniquilava como escritor, e adotar um lapisinho, o que produziu uma nova aprendizagem, uma ressurreição caligráfica e um retorno duradouro à escrita para compor seus conhecidos microgramas, mais além da instabilidade psicológica e – ele mesmo assegurava – com um maior bem-estar pessoal.

É então lícito perguntar: que fantasia ou promessa anuncia o exercício manuscrito de Kacero sobre o Menard de Borges? A apropriação de Borges e do seu procedimento? Ou estas são possibilidades excludentes? Talvez se trate da apropriação do mais óbvio: a forma manuscrita, sem o papel que lhe serve de suporte: uma pilhagem fora do tempo que navega pela língua franca dos originais e que se serve da sua condição imaterial para permanecer à tona.

Soube por meio de um amigo a respeito de um episódio de fabricação de originais protagonizado por um poeta, de nome G. Um dia, em Buenos Aires, meu amigo esbarra em G, que buscava cadernos obsoletos em velhas livrarias escolares. Uma universidade norte-americana lhe oferecia dinheiro pelos originais dos seus livros, e como já não tinha alguns deles, ou talvez nunca os tivesse guardado, estava decidido a prepará-los sem omitir qualquer detalhe a respeito da composição, por assim dizer, daquilo que seriam os velhos manuscritos. Trata-se de originais fabricados que chegaram ao seu destino e que hoje são conservados como aquilo que de fato são, manuscritos. A história lembra das fotografias pré-datadas e convenientes que Man Ray, ou seu círculo imediato, começou a preparar uma vez esgotado o antigo inventário de fotos *originais*.

É provável que as arestas conceituais da operação desse poeta argentino se adaptem às intenções mais imediatas do autor. Refiro-me ao fato de ser uma experiência bastante emblemática, na qual claramente uma instituição exige algo que o artista está em condições de atender, ao custo de flexibilizar bastante a noção de original. Kacero também forjou um original para expor em uma instituição; a diferença é que se tratava de um original consagrado pela transparência da sua composição, por um lado, e por outro por ser precisamente o gesto de apropriação do elemento que promete densidade conceitual à obra. Podemos dizer que se há algo que G ou Man Ray teriam desautorizado é justamente o gesto apropriador. Porque, outra vez, a apropriação oscila entre a virtude e a fraude. O que em casos como os de Kacero deve ser explícito, e nos de G e de Man Ray deve estar oculto.

A ideia de original é diferente e de outra complexidade no caso de Tim Youd. Seu projeto consiste em "digitar à máquina" aproximadamente cem obras *importantes* da literatura. Para tanto, ele recorre a primeiras edições (o texto a se copiar) e a máquinas de escrever similares àquelas usadas pelos autores quando escreveram tais obras (o que implica um recorte substancial no corpus de Youd, uma vez que devem ser autores que escreveram seus originais à máquina). As performances de escrita podem abranger alguns meses e alcançam uma duração própria aos lugares onde acontecem, em geral museus ou bibliotecas – instituições que, por definição, têm uma relação conflitiva com o efêmero. Não são sessões que buscam algum recorde de permanência diante da máquina, mas sim expedientes tranquilos de trabalho. De acordo com o que se pode ver no site do artista, até o final de 2014 ele havia digitado à máquina entre vinte e trinta romances.[13]

Dizer digitadas à máquina pode confundir, e todavia não há outra forma de descrever a operação. Pode confundir porque se subentende que quem digita à máquina gera uma cópia escrita, e portanto legível, do original, à moda acumulativa de Santiago Badariotti, o mordomo dos Moreira Salles. Para mim, se Youd fizesse isso, poderia ser visto como um justiceiro que busca desmascarar Menard: copiar é um gesto mecânico, pode chegar a ser tão automático quanto um trabalho convencional de escribas ou copistas. (Alguém poderia dizer: no mundo das artes, ou se é Duchamp, ou se é Menard; no mundo real, se é Santiago Badariotti.)

Mas Youd não gera um corpo textual sucessivo a partir da sua cópia, fundamentalmente porque não muda o papel. O resultado

[13] O site pode ser acessado em <timyoud.com>. Entre outras informações, em novembro de 2014 se anunciava a agenda de performances de Youd até meados de 2015, mencionando em muitos casos o modelo de máquinas de escrever que ele usaria. Por exemplo, em abril daquele ano se previa a transcrição de Ao farol, de Virginia Woolf, servindo-se de uma Underwood Universal.

de cada uma das suas performances consiste em um díptico: uma folha saturada de tinta (em geral preta), que é a superfície sobre a qual se escreveu todo o romance (foi batendo o texto completo em uma mesma página); e outra folha, que estava sob a primeira, que apresenta marcas produzidas pelos tipos da máquina e manchas de tinta nas áreas em que a primeira folha sofreu danos maiores.

Este trabalho de vocação residualista se completa com a exposição de máquinas de escrever, feitas de papelão ou madeira leve, que são, em cada caso, cópias dos modelos usados por Youd durante a performance. De modo que o visitante verá o texto apinhado e ilegível da transcrição, e também uma cópia bastarda do instrumento usado para tal.

Uma das coisas mais singulares da proposta de Youd é o contraste entre materialidade extrema e o caráter serial ou mecânico do procedimento, por um lado, e a natureza absolutamente fugaz do resultado, por outro. O artista assume a atividade do transcritor moderno, esse tecladista de escrivaninha cuja consciência se pode ausentar sempre e que ainda assim segue digitando como um autômato. Ou assume a subjetividade à la *Bouvard e Pécuchet* de Santiago Badariotti. Tive a chance de observar por um momento sua performance enquanto passava à máquina *O som e a fúria*, de William Faulkner, e pude notar que para Youd tratava-se de um transe completamente alheio ao impulso romântico da criação ou ao êxtase conceitual do programa estético autorrealizado, e que inclusive estava rodeado por detalhes que acentuavam o caráter pedestre e um tanto profano da tarefa, como dispositivos de áudio para o trabalho, e frutas ou iogurte para a hora do almoço.

Sua proposta ou extravagância consiste em fazer com que o romance caiba em uma mesma página. Ignora-se a relação que o artista estabelece com os erros de digitação (desde uma letra mal colocada até uma quebra de linha); mas como o resultado da cópia é ilegível, a questão das erratas se torna irrelevante. Confia-se na honestidade performática e na perícia mecanográfica de Youd (ou seja, aceita-se que tal resultado consiste na cópia textual de *O som e a fúria*), mas a morfologia desse objeto plano em que a obra se converteu faz com que o papel tão escurecido exponha e esconda o romance, e essa mesma performance, para além de qualquer comprovação.

Ou seja, é uma cópia cujo método exclui a possibilidade de se verificar a fidelidade e até mesmo a remissão ao referente: tal mancha meio retangular "é" *O som e a fúria* sobretudo por conta das diretrizes performáticas do artista, mesmo quando significa abolir a cópia como versão legível. Em certo ponto, Youd materializa o caos potencial inscrito em qualquer cadeia textual, ameaçada por uma desordem eventual da sequência de letras que mantém unidas (para Borges, seu próprio terror infantil diante das páginas impressas). Isso quer dizer, no meu ponto de vista, que as páginas apinhadas de Youd acabam por representar também livros não abertos. São tão ilegíveis quanto um volume fechado, e idealmente semelhantes ao resultado que se obteria ao se impor sobre uma mesma superfície o conteúdo de cada página, à maneira de um escâner de leitura múltipla que se projeta sobre um único plano.

Enquanto isso, a segunda parte do díptico de Youd supõe-se rastro ou resíduo da inscrição mecânica. Este resultado é uma metáfora da leitura, entendida como ressonância nunca uniforme de um original? Também pode ser vista como sinal. Youd atua sobre uma zona distinta da de Kacero. Os dois escolhem representar seu trabalho na esfera quase privada do atravessamento entre escrita e literatura.

O encontro com ambos os projetos foi um tanto casual. Eu soube da obra de Kacero por meio da brilhante nota de Matías Serra Bradford no blog da livraria Eterna Cadencia[14] e, como eu disse, vi Youd em ação em Rowan Oak, a casa-museu de Faulkner, na cidade de Oxford, Mississippi.[15] O casual consistiu sobretudo no fato de que desde há algum tempo eu vinha escrevendo sobre questões ligadas ao estatuto da escrita em momentos nos quais as modalidades digitais transformam o sentido e o conceito de original físico. Ambas as obras me permitiram, em primeiro lugar, comprovar a pertinência de tais problemas, na medida em que também parecem interpelar artistas provenientes das artes plásticas e, em segundo lugar, pude vê-las, talvez em vão, como epifenômenos das minhas inquietudes; a certa altura me pareceram adequadas de tal maneira que decidi continuar por meio delas estas notas gerais dedicadas a uma questão tão ampla e ao mesmo tempo tão crucial para a prática estética dos escritores.

Sete. Durante alguns anos, gravei aulas na universidade. Eu levava um velho toca-fitas e me sentava próximo ao professor. Depois, à noite, transcrevia aquilo que a gravação dizia. A máquina de escrever era bastante antiga, de ferro forjado, com teclas de baquelite que tinham de afundar até muito embaixo. Não escrevia em papel comum, mas sobre os chamados estênceis, que eram

---

[14] M. Serra Bradford: "Apuntes prepóstumos para un artista que actúa de muerto" [Notas pré-póstumas para um artista que se finge de morto]. [Na edição de 2016, Sergio Chejfec indica um link para o texto; em 2023 – reforçando a volatilidade da letra imaterial –, o link já estava fora do ar, N. T.]

[15] É possível encontrar informações sobre esta performance na seguinte página da Universidade de Mississippi: <https://museum.olemiss.edu/tim-youd-retypes-the-sound-and-the-fury/>.

folhas matrizes para impressão em mimeógrafo. Os tipos da máquina precisavam perfurar o papel carbono, e para isso era preciso que se retirasse da máquina a fita tintada.[16] Cada aula resultava em dezesseis ou dezoito páginas de uma escrita carimbada, mais do que propriamente redigida, um pouco à maneira de Youd, embora, como se pode imaginar, não tão radical. Lembro das minúsculas rebarbas que se depositavam por tudo; um pouco menores e já seriam pó. Como era habitual que os tipos se enroscassem, convinha limpar cada letra com álcool e um alfinete para remover o máximo possível de sedimento.

Por outro lado, era preciso ter cuidado com os erros, pois se fossem muitos era possível que o estêncil e o texto transcrito do anterior se perdessem. Para fazer ajustes, havia o corretivo; assim se chamava a substância sintética de cor branca que se aplicava, com o pincelzinho preso à tampa do frasco, sobre a área a se arrumar. Era preciso espalhar uma camada fina do corretivo, esperar que secasse e depois escrever o texto certo sobre a nova superfície. Um engano de vários centímetros, devido por exemplo a um salto textual ou a uma frase mal formulada, poderia impossibilitar o ajuste, pois quanto mais longa fosse a faixa pintada, mais degradados ficariam os tipos e mais difícil de decifrar seria a nova escrita.

A estas precauções se somava o espessamento gradual do corretivo. Como continha uma solução alcoólica que lhe permitia secar com rapidez, o líquido restante ia se tornando mais denso com o uso, e quando se o aplicava sobre o estêncil podia se empapar demais, como se fosse um gesso inacabado ou um detalhe em escala liliputiana daquelas obras de Rafael Bueno, Anselm Kiffer ou outros artistas, com camadas espessas de material sobre a su-

---

[16] O que, por sua vez, acarretava circunstâncias curiosas, porque às vezes, quando se usava a máquina para escrever normalmente, se me esquecesse de colocar a fita, o papel ficava marcado por rastros pouco visíveis dos tipos.

perfície. Às vezes alguns estênceis acabavam decorados com faixas mais ou menos extensas de pasta, impostas segundo um critério horizontal, cujos apêndices esbranquiçados absorviam a luz e pareciam estar ali para camuflar palavras, em vez de salvá-las.

Há um adjetivo argentino para descrever o resultado dessas operações: *desprolijo*.[17] Mas era como extrair dessa atividade alguma virtude ilusoriamente estética. O ponto em que escrita e objeto, passando pelo diagramático, poderiam coincidir. Descrito agora, tudo isso pode soar como pré-histórico. No entanto, está muito presente no meu caso, como se fosse uma origem. Essas ações das quais à época não fomos completamente conscientes, em perspectiva, mas que parecem ter instalado uma sensibilidade projetada para o futuro, mesmo quando mais tarde acabam substituídas por outras práticas. Descrevo tudo isso não apenas por um orgulho sindical – isto é, para indicar que me senti escrevente antes de escritor –, mas também para apontar o tipo de impacto reminiscente que se pode ter diante de instalações ou objetos vinculados à escrita mecânica.

Por exemplo, muito antes de eu destroçar estênceis, Carl Andre compunha poemas do tipo escultural, como alguns críticos apontaram, servindo-se de máquinas de escrever. Quando há pouco tempo vi algumas dessas composições diagramáticas, pensei obviamente na poesia concreta; mas ao observar que muitas dessas esculturas foram erguidas em meados dos anos sessenta, não me foi difícil associá-las com o fato de que, nessa mesma época, quando tinha a chance, eu – criança – brincava com uma máquina de escrever, à qual dava destino similar, por assim dizer, ao de Andre. Ambos aproveitávamos ao máximo a tabulação e as colunas fixas de caracteres. (Estas funções tão facilmente executáveis

[17] Algo como "descuidado", "relapso". [N. T.]

das máquinas de escrever devem ser as únicas que se complicaram com os atuais processadores de textos, funções que agora exigem recursos especiais.) Mas Andre obviamente levava em conta as palavras que usava como fundamentos para aquelas construções, e ao fazê-lo apontava nelas a presença de um traço material alternativo ao das coisas, porém tangível.[18]

Oito. A relação com a escrita é ao mesmo tempo prática e abstrata. Estas observações que acabo de fazer, e as lembranças associadas a elas – como aquelas a que farei referência na sequência –, levaram-me a pensar que em geral se entende a própria relação com a literatura e os livros, de forma exclusiva, em termos de convivência intelectual, mesmo quando difusa, e no entanto é provável que seja também essencial concentrar-se, em certos casos, sobre um aspecto mais prático dos fatos e da literatura, que é a mesma dimensão pragmática do escrito. Há uma coexistência com a escrita em geral que passa por agitações e procedimentos, empíricos sobretudo, que vale a pena mencionar; e isso obviamente inclui os formatos eletrônicos da escrita e a edição eletrônica. É também explícito que existe um vínculo, intrigante para mim, entre textualidade e simulação que emerge dos formatos eletrônicos.

Um dia estava com um escritor, também chamado P, para quem desde o início os processadores de texto haviam sido suas únicas ferramentas de escrita. Comentávamos sobre o que cada um estava fazendo. A certa altura irrompeu a pergunta habitual, isto é, como cada um normalmente se organiza para escrever. Em geral se fala disso com rapidez: horários, hábitos mais ou menos disfuncionais, caprichos, manias etc. Em certo momento eu disse que usar o processador de texto se tornou para mim algo natural; é

---

[18] Cf. Claire Gilman: "Drawing Time, Reading Time", em Drawings Papers n. 108. The Drawing Center, Nova York, 2014.

o que melhor emula a escrita à mão em termos de plasticidade no manuseio do texto e também em termos de imediatez: a escrita no computador pode ser incrivelmente próxima e envolvente.

O comentário deve ter despertado a curiosidade de P, porque quis saber de que modo eu escrevia antes do computador. A pergunta abriu um espaço de lembranças não ocultas mas zelosamente agrupadas: pareciam vir de um passado extinto e, mais ainda, de uma geografia esquecida do mundo. E a pergunta avivou também um vendaval de memórias e de impressões contraditórias. Uma das coisas mais curiosas foi perceber, enquanto falava, o desconhecimento do meu interlocutor a respeito de aspectos da escrita prévia ao computador, como se espiasse extravagâncias de outros tempos.

Em poucos anos eu tinha passado por vários tipos de máquinas, em uma sucessão de atualizações meio acelerada e sem saber para onde ia, mas que pressentia interminável. Escrevi em máquinas antigas diante das quais era preciso ter força nos dedos – como mencionei antes –, e em eletrônicas, antessalas prematuramente vetustas e incompletas da escrita no computador, aparelhos que escreviam graças a um sistema chamado de "margarida". Entre as mecânicas, fui daquelas antigas às portáteis de segunda mão, passando pelas típicas de mesa, de tamanho considerado então médio, as Olivetti marrom claro, habituais em toda escrivaninha argentina nos anos setenta e oitenta.

Expliquei ao meu amigo sobre a tinta, as fitas coloridas, os carretéis, o mecanismo seletor, as tabulações e espaçamentos, os ruídos etc. P escutava com seu juízo suspenso; não esperava uma resposta detalhada. Mas dei-me conta de que eu estava possuído não somente pela retórica da nostalgia, mas também pela da identidade. Lembrei-me da pasta nos tipos, recém mencionada, cujas volutas e cavidades se sujavam a ponto de impor sobre a folha uns moldes rechonchudos que lembravam versões obesas das letras originais. Acrescentei que a máquina de escrever tinha sido para mim um dispositivo mecânico travestido em obstáculos múltiplos, que só poderia se salvar com um arsenal de instrumentos auxiliares, e que só recentemente, com o computador, passei a apreciar a simplicidade e naturalidade da escrita à mão – embora tivesse abandonado a escrita manuscrita muito tempo antes.[19]

Na sequência, passei à máquina "de bola", aquelas robustas IBM Selectric, pesadas como ícones industriais, cuja escrita se dispunha graças a uma pequena esfera metálica incrustada de caracteres.[20] E por último, depois das IBM vieram as eletrônicas, bastante franzinas e leves.[21]

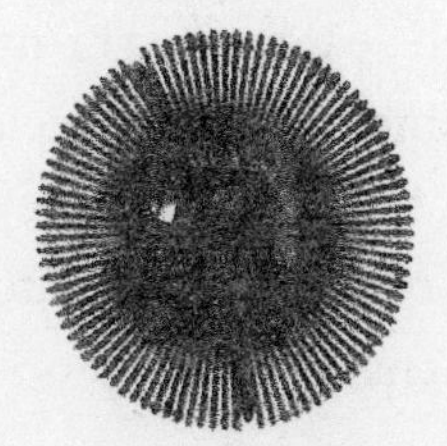

[19] Recomendo o estudo de Friedrich Kittler sobre a propagação da máquina de escrever desde o século XIX. Proliferação industrial, por um lado, e fator novo de problemas ligados à escrita, por outro. A máquina de escrever, ainda em sua longa etapa rudimentar e pouquíssimo prática – pelo menos vista de hoje, como instrumento de escrita ou como seu obstáculo, ou também como ferramenta de uso direto ou indireto para os autores – por meio do ditado –, teve um impacto decisivo na imaginação estética e conceitual relacionada com a criação e o caráter. Por exemplo, a frase de Nietzsche a que me refiro na Advertência, "Nossas ferramentas de escrita trabalham também sobre os nossos pensamentos", que resulta do uso da máquina de escrever, e que por sua vez resulta na adoção de um estilo aforístico, está presente no trabalho de Kittler como leitmotiv argumentativo da sua pesquisa. Friedrich A. Kittler: Gramophone, Film, Typewriter, Stanford University Press, Stanford, 1999.

[20] A bolinha se deslocava ao longo do rolo, agora fixo. Colocava-se em posição e carimbava o tipo graças a um golpe seco sobre a fita, que soava com a violência de uma martelada. Naturalmente, eu disse – talvez caindo em uma redundância –, boa parte da história da escrita é uma história de golpes sobre superfícies.

[21] Na parte superior do teclado, traziam um visor digital onde se lia o texto na medida em que se ia escrevendo. A "margarida" propriamente dita era um pequeno disco de plástico, com um furo dentado no centro, ajustável à cabeceira que se deslocava ao longo do rolo – também fixo . A margarida girava e, de acordo com a tecla acionada, a pétala correspondente golpeava o rolo (sobre a cinta). A margarida tinha várias "pétalas" ao redor do seu perímetro, isto é, pequenas hastes flexíveis em cujas extremidades estavam estampados os caracteres (uma letra minúscula ou maiúscula, um número ou um sinal de texto). Tinha-se assim a opção de mudar a tipografia ao se substituir a margarida por outra que tivesse uma família diferente de letras (a mesma opção existia com a variedade de bolas das IBM).

Protocolos operativos que para o meu amigo eram difusos e incompreensíveis; e diante da construção que se lhe oferecia, oscilava entre a nostalgia alheia, ou emprestada, e a incredulidade. Às vezes me vejo como um enunciador de saberes em extinção ou dissolução – a literatura não consiste também nisso? Este diálogo foi um desses momentos. Semelhante a quando ex-fumantes expõem suas antigas cerimônias de acender ou apagar, os objetos de que se serviam, as teatralizações do fumar e a convivência com os adminículos etc. A escrita à máquina exigia operações quase exclusivamente manuais, aparentando-se neste sentido aos cigarros.[22] Agora, pelo contrário, o processamento de texto é de tal modo tátil que aparenta ser uma tarefa completamente alheia à ideia de manipulação, e acaba por ser quase abstrata por conta da impassibilidade extrema de que pode se revestir, como o movimento sutil da mão quando desenha uma letra sem pensar.[23]

Nove. Como digo, a escrita agora sujeita a menos vicissitudes práticas e se relaciona de maneira diferente com as nossas ideias e premissas sobre a sua condição. Minha lembrança do trabalho com escritos à máquina é de diferentes etapas de composição manual, nas quais intervinham vários "materiais de escritório", ferramentas meio escolares, vistas hoje em dia. E, pelo contrário, minha impressão a respeito da operação atual de textos eletrônicos é que,

[22] De fato, no meu caso deixar de fumar coincidiu com a adaptação ao computador. Como se a desmaterialização da escrita naturalmente tivesse abolido alguns hábitos também cercados por mediações mecânicas ou materiais.

[23] Quanto ao resto, tenho a lembrança de um período efêmero de transição entre a máquina de escrever e o processador de texto – tradicionalmente o Word. Refiro-me aos anos em que o programa Word Perfect foi a principal ferramenta de escrita em computadores, que na sua maioria rodavam em DOS, enquanto o Windows ainda estava longe de converter-se no sistema operacional dominante. Os tipos de comando no Word Perfect por meio de combinações no teclado, a ausência ou inutilidade do mouse, mas sobretudo uma tela que não mostrava os detalhes de formato e layout de página – como o Word faria – faziam da experiência de escrever no computador uma atividade muito mais abstrata e livre da ideia de emulação na qual acabou se transformando.

em primeiro lugar e acima de tudo, eles não existem senão como reverberação de uma fonte que não se localiza em lugar algum fisicamente verificável.

Suponho que tal distância se traduz em uma relação distintiva com o escrito e em uma abordagem distinta da sua prática. Refiro-me a uma materialidade extrema, que levava a assumir de maneira física todos os passos da escrita – correção, manuseio, cotejo de versões etc. –, comparada com uma série atual de operações de digitação quase indiscriminadas, uma vez que exigem um mesmo tipo de processo apenas mediado pelo teclado, que nunca precisam mudar de suporte, tampouco materializar-se para passar à etapa seguinte da composição.

A intangibilidade do escrito por vezes se converte na relação instável, e em si também intangível, que a escrita estabelece com aquilo que busca dizer. A escrita imaterial, como aquela que vemos nas telas quando trabalhamos com textos, inclusive os de natureza variada, não necessariamente literária, almeja um estatuto de latência e mesmo de reflexividade que faltava a tais textos em épocas anteriores, quando se apresentavam em formato físico e a escrita material era a sua única garantia de preservação. Em certo sentido eram "verdadeiros", integravam uma parte tangível do contingente, na medida em que estavam amparados por uma operação física distintiva que lhes havia conferido entidade.

E, por outro lado, observo que a natureza um tanto incerta ou vagamente incandescente da escrita digital precisa apoiar-se em uma dimensão ainda mais abstrata ou misteriosa, como se tomasse de empréstimo da escrita física apenas atributos negativos: a escrita digital é tudo aquilo que a escrita física não é. Ambas as escritas têm diferentes disposições. A escrita física se revela alerta, está à mercê daquilo que acontece ao seu redor e, assim, não pode deixar de lado os passos dados; enquanto a escrita digital denota uma indiferença impassível diante das transformações e daquilo que deixou para trás, isto é, deste lado da tela.

Chamo essa disposição da textualidade de "presença pensativa". Jacques Rancière fala de uma "imagem pensativa" para se referir a certas fotos cujo sentido está distante da intencionalidade de quem as tirou. A "pensatividade" da imagem consistiria em uma dimensão autônoma tanto do criador quanto do espectador, uma espécie de ganho ou resíduo, a depender de quem a considera, e que se pode tomar como uma condição reflexiva e permanentemente instável. Rancière diz:

> Imagem pensativa, então, é uma imagem que encerra pensamento não pensado, pensamento não atribuível à intenção de quem a cria e que produz efeito sobre quem a vê sem que este a ligue a um objeto determinado. Pensatividade designaria, assim, um estado indeterminado entre o ativo e o passivo.[24]

Tomo então a ideia de "presença pensativa" da escrita, como metáfora do efeito da textualidade imaterial. Como disse antes, a escrita material, física, e a imaterial, digital, têm apelos opostos em termos de inscrição e sobrevida. A pensatividade da escrita digital viria da reverberação material da sua forma (a escrita como incisão ou marca sobre uma superfície) enquanto sobrevivência em um meio para o qual essa materialidade é sobretudo uma simulação; a simulação da escrita material. Em outras palavras, a escrita digital teria um estatuto analógico: não naquilo que diz respeito aos seus referenciais discursivos (algo com que toda escrita sempre sonhou – trair), mas naquilo que diz respeito aos seus suportes e materialidade textual.

[24] Jacques Rancière, O espectador emancipado. Tradução de Ivone C. Benedetti. São Paulo: WMF Martins Fontes, 2014, p. 103.

Gosto da ideia de inferir uma dose de dinamismo variável em um objeto em aparência dado, passivo no sentido de fixado e imodificável, embora potencialmente eloquente, como a imagem fotográfica. Eu diria que se comporta como um núcleo de atividade em um nível embrionário, passivo à sua maneira, como se lançasse olhares indefiníveis.

Suponho que Rancière outorgue a essa condição o nome de "pensativa" porque o mesmo sentido instável das fotos, que nos casos analisados corresponde a certas características físicas e de temporalidade, as submete a um regime de ambiguidade; são onipresentes e elusivas ao mesmo tempo. Por outro lado, Rancière sugere a ideia de receio como se afirmasse sobre as imagens uma vontade ou disposição psicológica ativa. A certa altura, seria possível dizer que o receio é o semblante mais autorreflexivo e emocional do pensamento. Então, talvez a escrita imaterial se sobreponha à fragilidade da sua condição virtual por meio da sua presença autorreflexiva – receosa.

Na metáfora da imagem pensativa, encontrei uma noção relativa aos alcances da escrita imaterial que busco detalhar. A pensatividade do texto digital viria do conflito entre a marca físico-tipográfica inscrita em toda escrita, inclusive a digital (já que se entende por escrita um sistema de signos que, enquanto tais, têm origem naqueles que serviam como inscrições), e uma condição imaterial e de postulação provisória, no sentido de instável, que vem do fulgor virtual. Esta condição flutuante da escrita sobre a tela me faz pensar nela como possuidora de uma entidade mais distintiva e ajustada do que a física. Como se a presença eletrônica, sendo imaterial, se vinculasse melhor à insubstancialidade das palavras e à ambiguidade habitual que muitas vezes evocam.

Dez. Há muitos anos comecei a publicar um blog. Um pouco de maneira inconstante, ou descuidada, ou as duas ao mesmo tempo; e acredito que sigo desse jeito. Mas a sua presença, sendo marginal e por vezes extemporânea, mudou naquele momento a forma como entendo a minha própria escrita. Esse blog consiste em uma série de textos de diferentes naturezas. Não o considero um ambiente no qual lançar opiniões ou anunciar coisas relacionadas aos meus livros. Aproveito o espaço gratuito e os templates pré-definidos para colocar fragmentos textuais, ensaios e uma escrita em geral dispersa. Os comentários estão desativados e tampouco há links para outras páginas. É de algum modo um site meio autista, ou que busca ser o mais silencioso possível.

Se num primeiro momento tomei o blog como uma plataforma de leitura, mais tarde fui me rendendo a essa presença e temporalidade particulares que, se ele não impõe, sem dúvidas propicia a partir da sonolência permanente daquilo que aparece escrito.[25]

A minha impressão é que de um lado está a letra impressa, publicada na maior parte sob o formato do livro, para dizer de modo genérico: refiro-me àquela publicada em papel. E do outro lado está a letra virtual, visível caso recorra às telas digitais. A letra impressa assume obrigatoriamente uma presença fossilizada; os livros compõem um cemitério que pode ser visitado nas bibliotecas, mas já bastante emudecidos simbolicamente devido ao estatuto definitivo de sua materialidade. Certos acontecimentos físicos emblemáticos, como o declínio do papel e outras consequências da passagem do tempo, são coisas que falam da estranha caducidade desses objetos, que por natureza, no entanto, postulam uma grande estabilidade: quanto mais correm o risco de deterioração,

[25] Neste sentido, parece-me completamente adequada a metáfora da hospedagem com que se designa a atribuição de espaço e memória nos servidores. Há algo um tanto nocivo e parasitário em desfrutar da hospedagem. Remete a uma forma de inércia, ou de existência clandestina, em todo caso flutuante entre o sigiloso e o furtivo: toda hospedagem é em geral provisória – porque, se não fosse, a chamaríamos de outro modo –, e se revela portanto suspeita. Sensação estranha de ter o próprio texto "hospedado" em um espaço, como se fosse uma presença momentânea, embora na verdade essa presença se possa perpetuar, por conta da sua mesma condição abstrata, indefinidamente.

mais contundentemente material parece ser sua presença.

No blog, assumo que posso ser editor de mim mesmo, de um modo que tende a ser diferente do meu papel ou lugar quando se trata de originais. A página na internet me permite classificar o formato livro e outras unidades relacionadas, assim como colocar em combinação textos com diferentes categorias de existência física. Nada impede, por exemplo, intitular da mesma maneira fragmentos textuais de um romance e fotografias de fragmentos manuscritos do mesmo texto. A imagem do "original" caligráfico é mais aurática que o texto correspondente, mas a escrita virtual assume uma presença mais enigmática, eu diria inocente ou autossuficiente, que a protege das aflições físicas.

Como objetos inertes à espera do segredo que os revive, os textos virtuais encontram refúgio em um descampado que os promete imutabilidade – ao contrário dos textos impressos, enraizados ao tempo e às condições físicas devido à sua natureza tangível. Por isso a condição disponível de ambos os tipos de textualidade é tão diferente. A textualidade digital (refiro-me ao texto sobre a tela plana, sem maiores marcas de desenho, como um fluxo de letras inevitável e grosseiramente organizado por uma largura pautada pela tela) traz a promessa de uma permanência sem mudanças. Por vezes latente e por vezes diretamente sonolenta, a escrita eletrônica concede um acesso à primeira vista constante, mas sempre equívoco. A escrita impressa, por sua vez, tende a repousar de outro modo, em outro tipo de descampado: o das hierarquias e dos rastros verdadeiros, próprio à impressão gráfica, aos arquivos, catálogos ou classificações, e à organização material das coisas.

Em alguma medida, acredito que os atributos da presença eletrônica se dão melhor com a minha escrita do que os da presença física. Por isso às vezes fico tentado a lançar textos na internet, porque ali prometem ter uma existência contínua que aparentemente se desenraiza das adversidades terrenas. Uma promessa de esquecimento e presença ao mesmo tempo.

Desvio: exemplos

Eu gostaria de propor um exemplo dessa presença distintiva a que está sujeito o escrito (assim como o olhar sobre o escrito) quando o texto é impresso e quando se apresenta em formato digital. Recorro a uma verificação empírica feita não muito tempo atrás, quando tomei um par de frases de *Zama*, romance de Antonio Di Benedetto, um dos romances pelos quais tenho os mais incondicionais afeto e admiração, extensivos naturalmente ao autor.

Abaixo está o detalhe da página que contém um dos extratos. E em seguida está o texto transcrito em um programa de "anotações", ou seja, quase sem opções de formatação gráfica, simulando uma captura parcial da tela. O resultado se obtém pela comparação das duas imagens.

Recién comenzaba la tarde y tanto mal me había dado aquel día que me espantaba continuarlo. Pero no se puede renunciar a vivir medio día: o el resto de la eternidad o nada.

Recién comenzaba la tarde y tanto mal me había dado aquel día que me espantaba continuarlo. Pero no se puede renunciar a vivir medio día: o el resto de la eternidad o nada.

Provavelmente seja arriscado defender que estas frases não dizem o mesmo; e no entanto o diferente estatuto da materialidade incide na reverberação semântica, não inteiramente análoga nos dois casos. Isso ocorre porque uma mesma cadeia textual torna manifesto, no mesmo nível de eloquência, todavia, uma diferente trama visual, que neste caso serve como índice da equivalência entre ambos os formatos; e não há dúvida de que é justamente esta equivalência que induz a pensar em divergências de ênfase ou entonação.

Minha impressão é de que ambos os modelos propõem inclinações diferentes em relação ao real, tanto naquilo que dizem quanto naquilo que deixam de dizer; não é que digam o mesmo. A divergência não passa por uma relação com a verdade objetiva ou com a verdade dos fatos formulados pelo romance, mas as duas formas apontam de modos distintos para o contextual-afetivo, por ordem dos estatutos gráficos postos em cena. Como se sabe, nem sempre ocorre de uma mesma frase dizer o mesmo – pelo contrário. Toma-se a citação:

> Começava a tarde, mas tanto mal havia me causado aquele dia que me espantava dar continuidade a ele. No entanto, não se pode renunciar a viver meio dia: ou o resto da eternidade ou nada.[26]

Em especial a segunda frase, formulação característica de Santo Agostinho nas suas *Confissões*. No entanto, para além das semelhanças, tenho a impressão de que a composição "impressa" trama um elo com o definitivo e pleiteia um sentido mais conclusivo do que aquele assumido pela captura da tela, uma cadeia cuja baixa densidade, ou imaterialidade, formula um enunciado mais hipotético.

Esta brecha na ênfase seria efeito da presença pensativa associada à escrita digital. A diferença de registro gráfico e de suporte postula também, para ambos os formatos, entonações verbais não coincidentes, como se fossem emissões afetivamente alternativas de um mesmo tempo. A presença impressa é mais íntegra e séria; a outra é mais instável e, de certo modo, secreta: uma consistência leve que parece alerta porque esconde algo, e que neste sentido aponta a um lado, como digo, afetivo. Será que isto acontece porque a

---

[26] Antonio Di Benedetto, Zama. Buenos Aires: doble p, 1956. [Ed. bras.: Zama. Tradução de Maria Paula Gurgel Ribeiro. São Paulo: Globo, 2006.]

captura da tela preserva os atributos do recém-escrito e, neste sentido, tremeluz à mercê do risco de mudança textual – de volta a uma formulação anterior ou diretamente ao desaparecimento – graças ao mesmo temperamento datilográfico do qual provém sua natureza digital?

A captura do texto publicado sobre papel, por sua vez, assume todas as condições de permanência e intangibilidade que a versão instável, digital, é incapaz de garantir. Tanto é assim que é difícil pensar nestes modelos sem supor que cada um deles seja o avesso maquiavélico do outro. No primeiro caso – o texto impresso –, a sua presença material remete a uma forte relação com a noção e a prática do arquivo próprias à acumulação histórica de saberes e de informação; esta obviedade é índice da implicação entre registro classificatório e letra impressa. A textualidade não impressa, pelo contrário, é prova de uma desestabilização inerente a toda escrita imaterial, que para a noção convencional de arquivo material é em geral bastante movediça, para não dizer volátil.

Talvez esta simples comparação visual entre ambos os formatos ilustre a batalha travada entre a fixação da escrita como garantia de saberes estabelecidos, e sobretudo a relação entre eles, e propostas que sugerem a instabilidade e a falta de fixação hierárquica da palavra como um novo gênero de expressão narrativa ou científica.

Sempre houve um atrito entre a palavra escrita, mutável, e o mundo material, fixo. Filosofia, literatura e pensamentos derivados dão conta disso. A escrita digital viria desestabilizar também esta oposição baseada em um conflito de referencialidade – o que a palavra nomeia versus o que a palavra pode querer dizer –, na medida em que a natureza à primeira vista fluida e instável da esfera digital repercute nos tipos de arquivo e na noção de acervo fixados em torno das condições da escrita material e do seu grande epifenômeno, o mundo da letra impressa consagrado pela cópia e pela reprodução.

Onze. A letra impressa se opõe à presença pensativa da escrita. A hegemonia do impresso, associada à fixação histórica de saberes e discursos – inclusive aquelas discursividades que promovem a impugnação das dominantes –, faz do silenciamento da presença pensativa das escritas manuais ou digitais uma das suas condições de existência. É a garantia da sua posição dominante como formato de escrita e da sua adaptabilidade proverbial às categorias utilizadas na administração e classificação de arquivos de conhecimento e de informação. O domínio exercido pela letra impressa é tão tenaz que até as textualidades mais – digamos – pensativas acabam sendo disciplinadas.

Neste sentido, quem sabe uma das poucas opções para uma escrita que busque preservar o seu vigor primário de pensatividade seja transfigurar uma vontade gráfica alternativa (o manuscrito, o digital) em operações e modulações estritamente narrativas, relacionadas com a composição literária em seu sentido mais construtivo, que reflitam a hesitação típica de toda escrita, ela própria tendendo a ser sempre instável.

Ou seja, refiro-me à *pensatividade* como uma segunda aptidão reflexiva, ou narrativa, para o interior da própria história, que pela vontade do seu próprio registro hipotético e expansivo possa resgatá-la da ameaça de ficar encerrada no universo da literatura fossilizada pela fixação de sentido – conjunto a que pertencem quase todas as histórias existentes.

Se fosse assim, então se poderia identificar um combate mais ou menos silencioso entre ambas as concepções de escrita. Em termos gerais, uma assertiva (aquela fixada fisicamente pelas instituições vinculadas ao livro e ao impresso), e outra não assertiva (de um caráter mais fluido e menos definidor, por vezes conceitual, que extrai a sua condição instável do pulso manual e do pulso eletrônico).[27]

[27] Sem esquecer, naturalmente, das corporações e instituições por trás das páginas na internet e nas redes, que operam de maneira distintiva, desmaterializada porém tangível no nível dos processos e protocolos, criando a ilusão de um mundo virtual de valores e interesses flexíveis. Meu trabalho se detém, todavia,

Evidentemente, uma luta desigual, em que todos os modelos instáveis, e portanto fisicamente frágeis, apenas podem ter êxito caso se transmutem em formatos narrativos e estilos conceituais que, desde o sentido e o encadeamento prosódico associado ao da sintaxe, apontem para uma perturbação da fossilização implícita na letra impressa, mesmo quando recorram a ela para tratar de impor um outro regime ou natureza textual.

Doze. Algumas alternativas digitais colocam em perigo o princípio da sequencialidade. Em relação ao que é propriamente digital, isto é, o aspecto interativo e a textura aparentemente instável que lhe é inerente, na medida em que um texto, enquanto não adquirir seu estatuto físico, idealmente não poderia dar-se por terminado e fechado em momento algum – e por isso poderia seguir submetido à possibilidade da destruição –, as formas de criação coletiva que se praticam nas chamadas humanidades digitais têm também efeitos no olhar sobre a literatura em formato digital.

Um dos efeitos mais imediatos das humanidades digitais, para além da dissolução das margens entre certos saberes, disciplinas e esquemas de circulação e formato textual, é a desestabilização, e às vezes inadequação, da ideia de autor como categoria determinante da obra, por um lado, e de trabalho ou documento conclusivo, por outro. A obra parece antes um processo de resultados amalgamados, manobras textuais ou classificatórias, em transformação constante e organizado de acordo com vários níveis de composição, muitos dos quais dizem respeito a prerrogativas de autoria.

Pergunto-me se seria possível algo equivalente na literatura, formas múltiplas de escrita que tendam a anular, considerando-a irrelevante, a ideia do autor. Penso que sim e que não ao mesmo

---

na tela como suporte da escrita; na maior parte do tempo, e exemplarmente, diante de um processador de texto sem conexão.

tempo. Por um lado, creio eu, inúmeros projetos ou resultados das "humanidades digitais" em qualquer momento poderiam ser considerados afins à literatura, na medida em que esboçam seu próprio leitor e implicam desafios conceituais absolutamente próximos de formas da ficção ou da discursividade estética. Entretanto, por outro lado, não tenho a certeza de que ao redor desses formatos se prefigure uma subjetividade precisa que permita criar uma ideia de leitor mais ou menos convergente com essa modalidade.

Sob outro ponto de vista, suponho que a escrita imaterial – isto é, a escrita em formato virtual, que idealmente é uma escrita de caráter próprio, pois está vinculada, como consequência da sua proximidade abstrata, à ideia de escrita sem um suporte que a confirme como inscrição – encontra na circulação eletrônica a sua realização plena enquanto acontecimento, também virtual, uma vez que, como toda escrita, paradoxalmente, convive sempre com sua pretensão material.

A dimensão digital, por outro lado, instala em um mesmo terreno certos tipos de textualidade que no âmbito da publicação física tendem a estar mais segregados, pois precisam do formato livro, do selo institucional representado pela edição e catalogação, para fazer-se presentes enquanto textos legíveis e operativos. Refiro-me a anotações, diários, cartas, escritos pessoais, composições incompletas em geral etc. Estes tipos de escrita podem agora circular instantaneamente. E no entanto, em muitos casos, sua forma de composição e modo de conservação implicam que não existem como tais, na medida em que esses textos marginais, por terem sido escritos sem suporte material, acabam muitas vezes sendo definitiva e efetivamente efêmeros – ou eternamente impertinentes, na medida em que muitas vezes a pertinência da textualidade marginal é dada pela sua precariedade ou volatilidade física. Mas eu volto a isso mais adiante. Agora trato de questionar as implicações puramente digitais quando elas matizam não apenas a escrita dos textos, mas também sua concepção e construção.

Treze. A narração é por vezes permeável à emulação como uma forma de restringir-se diante da desintegração dos discursos. Habituados às modalidades de escrita e leitura eletrônicas, às vezes se produz uma convergência meio alquímica entre paradigmas próprios do cyber e categorias de representação narrativa. Penso em uma série de três contos de Agustín Fernández Mallo, chamada "Mutaciones".[28] São viagens organizadas como reconstruções de percursos prévios, de outros. Uma delas é aquela descrita por Robert Smithson no seu conhecido ensaio "A Tour of the Monuments of Passaic" [Um passeio pelos monumentos de Passaic]. O título do conto de Fernández Mallo a que me refiro é "Un recorrido por *Los monumentos de Passaic* 2009" [Um passeio pelos *monumentos de Passaic* 2009].

O ensaio de Smithson descreve sua visita a um ponto do rio Passaic, em Nova Jersey, nos Estados Unidos, e desenvolve uma série de reflexões ligadas à paisagem e às imagens tomadas nesses lugares. O conto de Fernández Mallo reconstrói a trajetória de Smithson, mas também navega pelo ensaio propriamente dito, tornando-o objeto de citações, comparações e referências tanto conceituais quanto físicas. Para tanto, repete o percurso de Smithson à maneira dos jornalistas, cronistas, documentaristas ou pesquisadores contemporâneos em geral, que seguem os vestígios de antigos viajantes naturalistas, exploradores ou navegadores. Um dado importante é que o percurso de Fernández Mallo, embora bastante mimético, não é físico: serve-se, antes, do Google Maps ou Earth para fazê-lo.

---

[28] Agustín Fernández Mallo, El hacedor (de Borges), Remake. Madrid: Alfaguara, 2011. [Sem tradução para o português.]

Assim, percebe-se nesse conto que a série de tópicos narrativos, via de regra destinados a descrever circunstâncias decisivas da viagem (preparativos, mudanças de rota, coincidências, desorientações, descobrimentos etc.), pertencem ao âmbito das coordenadas virtuais e capturas gráficas. O narrador de Fernández Mallo se translada junto com a tela, e na "mãozinha de luva branca" que funciona como cursor se enxerga tanto um signo cultural vinculado à época quanto a cifra da sua própria subjetividade de viajante.[29] Ao mesmo tempo, as fotografias reproduzidas no texto oscilam entre as imagens originais de Smithson e as tiradas pelo autor com seu celular durante a viagem diante da tela do computador.

Entre as várias perguntas que o conto suscita, interessa-me uma ideia ligada à literatura como sistema por vezes predisposto a assumir as regras da simulação. A simulação é um esquema de imitação no qual elementos e funções são tomados da realidade de um modo necessariamente analógico. Só se pode dizer que se trata de uma representação caso se limite o significado desta palavra. A simulação, pelo contrário, propõe um vínculo direto e nunca desviado do mundo que pretende simular, ou imitar. A simulação pode também recriar sistemas fechados ou inexistentes, mas sob a condição de submeter-se às regras que os governam como se fosse uma forma de realidade.

Os simuladores se estenderam desde o treinamento militar, e então técnico e pedagógico, até o campo dos videogames e jogos de computador como uma alternativa lúdica, a princípio, ou de entretenimento; mas muitos deles propõem sintaxes narrativas específicas. Nessas "Mutaciones" de Fernández Mallo, acredito que

---

[29] "(...) Volto ao Google Maps e dou um zoom no mapa da região. O ícone do Google Maps, que se desloca pela tela quando o mouse se mexe, não é uma flecha, mas uma mão com luva branca [inevitavelmente, minha primeira lembrança nesta caminhada é então de Michael Jackson, que havia morrido há poucos dias]. Agora passo por cima desse primeiro monumento-ponte (...)". A. Fernández Mallo, ibid., p. 61.

podemos encontrar histórias de simulações, na medida em que a sessão digital (o computador como ferramenta de observação, o mapa digital como cenário físico, o celular como dispositivo de registro) se propõe enquanto uma forma substituta não representativa, mas como algo entre iconográfico e analógico, do mundo real – ou, antes, da geografia em que as coisas reais se organizam de acordo com a descrição dos simuladores.

O narrador de Fernández Mallo recria a viagem original de Smithson, acompanhado para tanto por capturas provenientes de dois tempos e das observações conceituais do autor, por assim dizer, original. Mas também é preciso dizer que, dada a via indireta de verificação do material original, uma nova conceitualização se consolida uma vez que se elege tal forma digital de aproximação. O resultado é uma cartografia sob algumas circunstâncias irônica, e às vezes literal, sem chegar a ser em momento algum uma reconstrução plena.

Tenho a impressão de que histórias como a de Fernández Mallo (discursos críticos descontínuos?, variações textuais?, versões conceituais?) revelam uma modalidade literária crescente, que também invade, no entanto, a literatura anterior em geral – já que opera a partir das estratégias de leitura do presente em direção ao passado, não apenas a partir das atuais estratégias de composição ou criação verbal. Seria algo como um modo de simulação. A literatura já não, ou não apenas, como estratégia de representação, mas como campo de simulação, à maneira das opções digitais presentes nos mapas online, ou diretamente à maneira dos jogos. A simulação oferece a possibilidade de operar sobre o universo representado; e esse universo representado na tela se sustenta por meio de um conjunto de referências analógicas.

Levado à literatura, esse sistema seria como outra forma de realismo, que encontraria na simulação o suporte para propor diversas dobras de sensibilidade, em torno das quais subjetividades distintas produzam cenas mais ou menos desfocadas, derivadas de testemunhos, crenças e, sobretudo, experiências vicárias.

Efeitos de realidade

Normalmente, a literatura – em especial a narrativa – não é uma arte de imagens físicas. Esta condição permite-lhe a complexidade narrativa vinculada às descrições em geral e ao ecfrástico em particular. A narração busca oferecer visualizações, sabendo que dificilmente pode entregar um resultado mimético. No entanto, há um aspecto do literário que mantém uma relação estreita com o visual em termos de situação iconográfica; refiro-me aos manuscritos. O manuscrito em geral não apenas alimentou as ilusões filológicas, a investigação genética e outras variantes – do interesse pela fixação ao acompanhamento da dispersão textual –, mas também, enquanto "original", o manuscrito assumiu o papel de suporte aurático e insubstituível da obra; uma obra que, todavia, por sua mesma condição discursiva, não carrega naturalmente a ideia de originalidade física. O manuscrito físico, portanto, sempre foi garantia da verdade no seu caráter analógico de substrato, por um lado, e no seu papel de inscrição sobre o contingente, por outro.

Quatorze. A natureza virtual da escrita digital exerce sobre ela uma ameaça ambígua. Como eu disse há pouco, a escrita imaterial (representada idealmente na tela do processador de texto) promove um atrito entre imutabilidade (a suposta promessa de permanência e a ausência de desgaste material) e fragilidade (o risco de que um colapso elimine os arquivos, e a ameaça constante de variação). Há uma sobrevida instalada na escrita imaterial, diferente da sobrevida instalada na escrita material. A escrita material permanece como aquilo que está inscrito na realidade, em certos objetos, e como tal exibe ou prenuncia sua caducidade. A escrita imaterial, ao contrário, tende a evadir, embora nem sempre com sucesso, a catalogação e as bibliotecas, e tem uma relação conflitiva com a ideia de original. Vou me referir a aspectos derivados dessas condições de escrita e a vários dos seus efeitos, que acredito serem novos, de certo modo, sobre a ideia de realismo na literatura.

Interessa-me esta dupla consistência do manuscrito porque já há muitos anos, a partir do sucesso dos processadores de texto, o inventário de manuscritos tende a diminuir de maneira irrevogável. Não só desaparecem os manuscritos das obras, mas também as textualidades agregadas, como anotações, cartas, diários etc.; toda essa coreografia textual que nos escritores canonizados adquire a forma de uma misteriosa coroação ou pegada por vezes complementar e alternativa à obra propriamente dita. E exatamente por isso, diante do virtual desaparecimento do manuscrito não se revela tanto a falta de suporte físico para a fixação textual direta, já que de alguma maneira os mesmos autores ou a mesma crítica deram as costas à verdade supostamente escondida na genética textual; mas, antes, o que se revela é a perda aurática devido à ausência do original físico.

Um indicador da dissipação desse tipo de presença aurática se dá justamente pela grande valorização da atividade caligráfica remanescente. Cada vez mais se organizam exposições para exibir manuscritos, e eles são conservados com zelo cada vez maior e comprados por mais dinheiro. E vemos cada vez mais instalações ou composições plásticos concebidas a partir de propostas escriturárias – por exemplo, a antes mencionada de Fabio Kacero, ou outras que descreverei mais adiante. Até o valor documental dos manuscritos mudou, pois ao poderem ser copiados, escaneados e ampliados em seus detalhes mais insignificantes, apenas se manifestam em seu caráter de objeto material preciso – feito, ou simplesmente manipulado, pelo autor –, como se fosse um desfecho inesperado, por vezes milagroso, e proliferante de preocupações até agora meramente filológicas.[30]

Assim, à semelhança do que disse Roland Barthes a respeito de certas fotografias, o original seria simplesmente aquele que aconteceu no lugar e na hora certos. Levando os argumentos ao extremo, a presença do original anuncia que o autor não escreveu tudo aquilo que poderia ter escrito, e que a grafia que se nos oferece não é prova exclusiva de deliberação intelectual – nem, claro, de consciência crítica –, mas sim consequência de eventuais trânsitos pedestres e manuais. E precisamente a distância entre o alicerce inconsciente do pulso enquanto se escreve e o valor testemunhal e

---

[30] Em 2013 se comemorou o centenário de publicação de Para o lado de Swann, primeiro volume de À procura do tempo perdido. A mostra incluía cadernos com os manuscritos originais, provas de impressão corrigidas pelo autor, rascunhos, cartas, escritos diversos, e também alguns cartões postais antigos que haviam servido de inspiração a Marcel Proust. Como por vezes ocorre com os fenômenos que atraem muita gente, o olhar do observador se sente interrogado mais pela multidão do que pelo tema em si. Foi o que me aconteceu nas duas ocasiões em que tentei ver a exposição. Por um lado, poderia dizer que não fui capaz de vê-la por conta da grande quantidade de gente diante das vitrines e molduras; mas, por outro lado, eu sentia, ao observar os olhares do público, que através deles eu via melhor o material exibido e o seu verdadeiro significado. Os espectadores refletiam algo semelhante à ânsia; respeito, naturalmente; mas também um curioso deleite à primeira vista vazio, não religioso nem estético, talvez moral, embora ao mesmo tempo bastante distraído, intermitente ou exausto. Buscavam uma verdade que se manifestasse de imediato, como consequência da proximidade física tanto da letra original quanto dos objetos manipulados por Proust. Era tão intenso o comportamento reverencial dos espectadores, quase fúnebre, mas às vezes subitamente desconectado, e tão ostensivo o zelo divinal com que eram custodiados tais papéis e traços agora convertidos em ainda mais sagrados, que as pessoas indo e vindo pareciam agora esgotadas de buscar desvendar questões abstratas, o que tornava abstrato o evento em seu conjunto e encenação. A mostra se inscrevia na lógica dos museus, mas o material apelava à experiência das bibliotecas; havia uma luta entre ver e ler que, dado o caráter museal da exposição – e da letra liliputiana de Proust –, os olhares venciam contra a leitura. Marcel Proust and Swann's Way: 100th Anniversary [Marcel Proust e o caminho de Swann: centésimo aniversário], Morgan Library and Museum, 15 de fevereiro – 28 de abril de 2013, Nova York.

Uma mostra do final de 2014 pode ser exemplo local do interesse crescente entre estético e inspirador – tomando como evidente um interesse filológico permanente e meio submerso abaixo da superfície – pelos originais e manuscritos literários. Na Biblioteca Nacional Mariano Moreno, em Buenos Aires, se expuseram manuscritos literários de uma boa quantidade de autores argentinos. Quase todos contam com algumas linhas de apresentação, que buscam descrever o tipo de operação literária ou material que os manuscritos do autor em questão refletem. "Manuscritos literarios argentinos", setembro–dezembro de 2014. O catálogo tem como título "Manuscritos literarios argentinos: escenas de escritura" [Manuscritos literários argentinos: cenas de escrita].

transcendente atribuído a toda escrita manual digna de ser guardada, essa distância atrai o fascínio ou curiosidade de quem contempla os manuscritos de escritores famosos, porque traduz o momento em que se intui que toda escrita é originalmente profana. E que algo – o mistério da beleza, a opinião dos entendidos, a história literária, o prestígio das instituições ou simplesmente o imediatismo da letra esboçada pelo gênio – aponta essa caligrafia como virtuosa e a resgata assim da indeterminação e por isso merece ser contemplada.

Quinze. Boris Groys fala da dialética estendida ao redor do aurático uma vez que a tecnologia da reprodução permite cópias parecidas ou similares ao original. Groys diz:[31]

> Na verdade, a aura, tal como a descreveu Benjamin, só nasce graças à técnica moderna da reprodução. Ou seja, emerge no momento exato em que desaparece. Surge precisamente pela razão que a faz desaparecer. (...) O apagamento de todas as diferenças visuais reconhecíveis entre o original e a cópia é sempre apenas potencial, porque não elimina outra diferença existente entre ambos e que, embora invisível, não é menos decisiva: o original tem aura porque tem um contexto fixo, um lugar bem definido no espaço; e por meio desse lugar está inscrito também na história como um objeto singular e original.

Segundo o autor, a arte moderna está indissociavelmente ligada à noção de criatividade, do que se depreende a importância do original como prova e suporte (arte moderna contrária ao mo-

---

[31] Boris Groys: "La topología del arte contemporáneo" [A topologia da arte contemporânea], disponível em <http://lapizynube.blogspot.com/2009/05/boris-groys-la-topologia-del-arte_175.html>. [O texto original em língua inglesa, "The Topology of Contemporary Art", aparece na obra Antinomies of Art and Culture, publicada pela Duke University Press em 2008. O texto é inédito em português, embora algumas de suas ideias apareçam em Arte e poder, obra publicada pela Editora UFMG em 2015, com tradução de Virgínia Starling.]

mento pós-moderno, crítico e desconstrutivo, segundo ele, e ambos distintos do momento contemporâneo, aberto e ausente no espaço exterior a si mesmo).

No caso da literatura moderna, e acredito que dada a sua relação tortuosa com o material, a criatividade individual teve relações conflitivas com a ideia de original. Exemplos bastante conhecidos que respaldam isso são, por exemplo, a concepção tipográfica de "Um lance de dados jamais abolirá o acaso", ou o fato de Joyce ter engrossado o texto de *Ulisses* em 40% nas sessões de correção de provas. Em ambos os casos, embora com funções diferentes, podemos ver a capacidade de irradiação do traço serial da técnica. A inspiração, por assim dizer, veio de uma forma reproduzida. É verdade que, enquanto inspiração, pode não ser um correlato do aurático, mas essa espécie de "apropriação reversa" deixa uma marca intrigante no resultado e a replica de maneira ainda mais intrigante na sua fonte.

Enquanto isso, assistimos à clássica pressão simbólica do original textual em *Os papéis de Aspern*; papéis que projetam sobre o possuidor seus atributos imaginários – embora apenas sob a condição de que o proprietário seja consciente da sua importância crucial. Mallarmé, Joyce e James apresentam três possibilidades básicas de negociação com o aurático na literatura. O aurático na literatura moderna tem um componente de aporia, e isso porque, como arte, sempre exigiu a reprodução do original. Esta natureza intrigante do original se converte intrigantemente na arte que lhe dá lugar.

Há várias formas de reposição do aurático na literatura. (E com isto quero me referir, na verdade, à ressurreição do manuscrito por outras vias, a restauração de uma emanação virtuosa na mesma direção simbólica ou imaginária.) Mesmo as convenções naturalistas ou coloquialistas, por vezes desacatadas, que tendem a invisibilizar a mediação textual, podem ser vistas como apostas que, enquanto invocam uma noção de autenticidade ou espontaneidade, gravitam o mundo da reanimação. Mas eu gostaria de mencionar um exemplo pontual no qual a apelação à ressurreição do manuscrito está inscrita no discurso como traço material da narrativa.

Trata-se de *El entenado*,[32] de Juan José Saer. Ali, o narrador percorre a experiência do passado enquanto se apoia em um *leitmotiv* espacial. De um lado estão a tigela de azeitonas e a taça de vinho, dos quais se serve enquanto escreve, e está também o contato da caneta no papel. Fala da superfície áspera, mas também do som da caneta à medida que avança. A repetição desse tema não apenas naturaliza dentro do romance a presença do narrador e seu percurso autorreflexivo, mas também teatraliza a concepção de original, sublinhando de imediato a sua condição material.

Esta decisão de Saer se relaciona melhor com os autores mencionados antes do que com os modos contemporâneos de escrita. Uma das questões centrais, para mim, derivada das técnicas atuais de escrita que carecem de suporte em papel, diz respeito à restituição do aurático por outros meios; isto é, a reanimação substitutiva de um manuscrito inexistente. Minha impressão é de que esta ausência do original reverbera no tremeluzir da tela, e que a presença meio esmorecida, incólume mas à mercê do colapso mais imprevisto, propõe um estatuto transitório em que a mesma instabilidade se converte em suporte efetivo de sua existência aparente. É a pensatividade deste tipo de escrita a que eu fazia referência antes.

Dezesseis. Por vezes esse estatuto analógico coloniza apelos de tipo realista. Textos nos quais predomina uma verossimilhança particular que provém, creio eu, de uma marca de procedimentos comunicativos vinculados a canais digitais, sobre a construção e organização da obra. É, por exemplo, o caso das narrativas que

[32] Ed. bras.: Juan José Saer, O enteado. Tradução de José Feres Sabino. São Paulo: Iluminuras, 2000. [N. T.]

assumem os protocolos do chat, do twitter ou do e-mail etc., incorporam cabeçalhos, datas ou campos de mensagens como uma forma de atualizar essas entradas e peripécias nos termos de uma sensibilidade comunicativa renovada. É uma dimensão residual do epistolar que exerceu grande pressão sobre a composição literária. Assim, pode-se ver histórias construídas segundo critérios de reprodução cenográfica da tela, consistindo em exportar ferramentas digitais para formatos literários convencionais.

Nesses cabeçalhos, correspondentes a diferentes campos e a cada operação do teclado ou nova configuração da imagem, podemos reconhecer a presença exclusiva do dispositivo enquanto intermediação técnica. São estratégias fortemente iconográficas e meio delimitadas de um ponto de vista construtivo, claro, e na sua inocência mostram também uma passividade pouco crítica diante dessas metáforas técnicas provenientes do software, das quais tomam de empréstimo sua eloquência gráfica, por assim dizer, e neste sentido são também um pouco naturalistas. Mas mesmo representando isso tudo, têm caráter de um sinal: há uma pressão exercida pelos novos formatos que talvez aponte para a configuração de novos tipos de verossímeis.

No ensaio clássico sobre o efeito de real, Barthes registra a presença na narrativa moderna de certos elementos irrelevantes para o desfecho da peripécia.[33] São tipicamente as descrições espaciais, os penduricalhos ornamentais, os objetos alheios aos conflitos. Não se limita, no entanto, à documentação deste tipo de presença, mas as inscreve, antes, em um regime estético mais amplo: os elementos espaciais seriam critérios para um discurso realista verossímil. Nem sempre este verossímil predominou, ele afirma; houve períodos, por exemplo, em que o regime era pictó-

[33] Roland Barthes, "O efeito de real". Em Roland Barthes, O rumor da língua. Tradução de Mario Laranjeira. São Paulo: WMF Martins Fontes, 2012.

rico e portanto os autores não se preocupavam com a pertinência realista ou psicológica dos elementos incluídos nas histórias, de modo a obedecer o verossímil descritivo dominante.

Entendo que a pensatividade da escrita digital, isto é, suas condições específicas de irradiação e permanência, induz por vezes a aparição de textos pertencentes a verossímeis discursivos próprios destes novos formatos, que almejam vínculos traiçoeiros com o realismo e até mesmo buscam uma nova articulação realista, assentada em condições construtivas digitais.

Eu gostaria de fazer referência a duas experiências distantes uma da outra em vários aspectos, mas que têm em comum o fato de conceber o plano textual, ou simplesmente o plano da página ou da tela, como superfície na qual se negociam diferentes elementos do real ou do simbólico, sem maiores preocupações com noções de causalidade narrativa para a sequência, e que por outro lado extraem dos meios digitais materiais que funcionam como premissas de construção textual e como tópicos conceituais. Os resultados em geral se afastam de formatos capazes de serem vistos como ficção ou testemunho, justamente porque remetem a uma inscrição realista desordenada, em certo sentido brusca devido à distância, diferente nos dois casos, de qualquer ideia de inferência narrativa.

Proponho este fragmento de um dos últimos livros publicados por Lorenzo García Vega, *Son gotas del autismo visual* [São gotas do autismo visual], dedicado a dar testemunho da sua assim chamada experiência descontínua como "narrador visual".

O personagem 36 abre os olhos e então se encontra em um mundo desolado.

Então encaro o verde que uma vez vi, em Chichén Itzá.
O verde e uma neblina.

Mas dali erguem-se outros odores, outros sabores, experimentados antes, muitos anos antes, em outro lugar, na Central Australia, o Engenho da minha infância.

Chichén Itzá justaposta à Central Australia.

Esta alucinação me oferece uma narrativa visual delirante.

– Selo postal no qual há um minúsculo campo de trigo ao lado de um também minúsculo sol alaranjado.

Com a flechinha do mouse amplia-se esta paisagem minúscula que o selo postal exibe.

E, sobretudo, ao clicar, trigo e sol alaranjado ficam definitivamente iluminados.

– Fixar, descrever este momento estranho em que, dentro de um dia de inverno, se insere o fragmento de um dia luminoso de verão.

Mas o intrincado do assunto é uma justaposição estranha em que, sobre o momento estranho, colocam-se legendas góticas, ilustrando a visão de um edifício de filme de terror onde, a um personagem, é como se uma mão o fosse desenhando, no mesmo poema em que se conta sua vida.[34]

García Vega é um autor essencialmente performativo; constrói narrativas como se memórias, intuições ou movimentos do desejo tivessem uma entidade acústica e pudessem ser embaralhados, junto com dados da história e da percepção, com a ideia de organizar algo como instalações verbais que aludem a uma apresentação impossível em termos práticos, como se cada um desses elementos assumisse uma presença física palpável. Para tanto, por

---

[34] Lorenzo García Vega, Son gotas de autismo visual. Cidade da Guatemala: Mata-Mata Ediciones, 2010, p. 75-76. [Obra inédita em português, N. T.]

vezes se inspira nas famosas caixinhas de Joseph Cornell, que com frequência ele menciona enquanto *leitmotiv*.

Costuma adotar cápsulas de temporalidade (lembranças firmes, imagens ou impressões nebulosas do passado) e as descrever como se fossem certos objetos de aderência assombrosa – até mesmo para ele próprio –, mas em geral sem decidir incluí-los nas cenas que vai compondo. Uma construção pode englobar cheiros, mudanças de temperatura, ruídos, as promessas inscritas na vitrine de uma loja, imagens de árvores ensolaradas ou alguma capa de livro que acaba de ler. Cada um desses "objetos" se inscreve em uma ordem particular, que pode ser modal, espacial, temática etc. A unidade de García Vega é a cena descrita; a sequência flexível e arbórea que desenha uma narrativa, submetendo diferentes temporalidades e registros à convivência do simultâneo.

Assim, seria possível dizer que García Vega leva o procedimento de Cornell para a tela do computador. Mas defini-lo assim seria descrever metade do seu enigma, porque apenas toma da tela o argumento cenográfico para hastear uma história liberada da sucessão temporal habitual. Há uma renúncia à narração, substituída por uma ideia de representação simultânea daquilo que é inevitavelmente diverso. Quase uma narração "plástica", como dizia García Vega, elevada à proclamação favorável a uma concepção distinta da experiência.

É possível mencionar também as peças de Carlos Gradin (1980), algumas delas reunidas em uma edição que inclui textos poéticos e em prosa.[35] Quase todas as obras têm como princípio de construção o mecanismo de busca Google e a organização textual dos resultados. Torna-se evidente, por conta de alguns traços do seu sistema, que o procedimento de Gradin não procura aderir a um novo modo de escrita automática.

---

[35] charly.gr, (spam), Buenos Aires: Ediciones Santon, 2011. [Sem tradução para o português, N. T.]

Em primeiro lugar, a figura do autor se transforma em um link, "charly.gr". Parece-me claro que não se trata de um heterônimo ou de outro recurso que tenda a surrupiar ou subtrair o nome, na medida em que a formulação estabelece com o nome próprio uma equivalência explícita. Parece, antes, um gesto orientado a bater à porta da noção de autor, como se o sujeito que dá forma a estes materiais se colocasse em um lugar de enunciação diferente do convencional e se propusesse a ser, explicitamente, mais um gestor meio robótico de conteúdos ou cadeias textuais geradas a partir da alimentação de certas diretrizes. Digo "meio" porque a deliberação composicional opera, como no caso das propostas conceituais, em um nível distante das questões sobre o peso ou pertinência do significado – que, no entanto, não deixa de estar presente no nível das escolhas.

Em segundo lugar, o autor chamado charly.gr, embora aludindo à sua vocação de autômato e proclamando sua tendência algorítmica, define as diretrizes de busca segundo campos não explícitos mas ostensivos: a política, a retórica coloquial, o mundo da moda e do espetáculo, certos ícones do passado. Ele organiza, por assim dizer, instalações textuais a partir de resultados derivados de buscas específicas. A deliberação subjetiva do autor opera na escolha das diretrizes de busca, estabelecendo um manto de desrespeito traiçoeiro diante dos resultados dessas buscas. Não se pode dizer que estejamos diante de um programa naturalista ou testemunhal, justamente porque o que se revela com esse procedimento é a textura das medições entre aleatórias e automáticas que há entre intenções e resultados.[36]

[36] Falando em combinatória, Las lagunas inestables [As lagoas instáveis], romance "inédito" de Milton Laufer, deixa a organização de determinados trechos entregue ao acaso governado por algoritmos. São momentos elusivos de recuperação do passado por parte do protagonista, por meio de lembranças meio costuradas. A gramática que constrói tais fragmentos se opõe ao formato livro enquanto texto inerte, pois propõe que cada captura do documento, hospedado na internet, seja uma versão única, diferente de todas as outras. Isso tem, naturalmente, consequências sobre a noção de original textual – digital ou não –, na medida em que de modo geral pode ser definido como uma sucessão específica e única de palavras e frases. <https://www.miltonlaufer.com.ar/lagunas/>

A quarta capa de *(spam)* é bastante explícita a respeito da modalidade de Gradin e suas estratégias de composição:

> Os poemas e textos que integram *(spam)* foram compostos por meio de buscas no Google. Seus resultados foram compilados e editados em forma de poemas, ou tomados como ponto de partida para escrever textos em prosa. "cai a tarde e", "e vejo-os", "Mau", "eram os tempos de", "cigarros egípcios", "serão dias", "vou buscando", "saudações às" foram frases inseridas no mecanismo de busca (em "oldie games" não se utilizou qualquer frase em particular e por vezes nem o mecanismo de busca). Os textos e as buscas foram feitos entre maio de 2007 e julho de 2011.

Uma obra digital sua, bastante citada, abertamente orientada para a instalação e não adequada para ser reunida em livro, é *El peronismo es como* [O peronismo é como]. Usando o mesmo procedimento de busca, organiza uma sequência prolongada das frases que o mecanismo entrega como resultado. Sobre um fundo verde, sem acréscimos gráficos, o texto é gerado enquanto toca uma música techno. Os versos não permanecem na tela, mas são digitados letra por letra, sobre uma mesma linha na parte superior – ou no máximo a escrita ocupa por vezes duas linhas, quando se trata de respostas de sintaxe elaborada ou de comparações ou equivalências mais complexas. Cada um dos resultados se enquadra na diretriz: é o segundo termo do início da cadeia "o peronismo é como", que todavia aparece apenas no começo.

Para além do procedimento de construção já mencionado e da sua inevitável vigência, creio que é outro o elemento que faz de *El peronismo es como* uma proposta orientada, como digo, a um novo cânone realista relacionado a uma verossimilhança digital. Trata-se da consistência da enumeração metafórica, amparada justamente na velocidade e, sobretudo, na presença efêmera de cada entrada. Já não se trata de uma enumeração caótica que se apoia na memória específica da leitura para desdobrar a evidente desordem semântica do seu progresso, mas sim de uma enumeração textual que pode ser caótica, mas sobretudo que se apresenta de acordo com a sintaxe dos formatos audiovisuais, mesmo quando se trata de unidades textuais.[37]

O realismo se tornou o mais efêmero dos simulacros? García Vega e Gradin emprestam da arte de instalação a sua condição efêmera e portanto dificilmente repetível. Não se pode reconstruir as caixas virtuais de García Vega, na qual se agrupam objetos imateriais, assim como tampouco se pode reproduzir os resultados de alguma busca de Gradin. É um tipo de literatura que estabelece uma relação conflitiva com a temporalidade, na medida em que, como consequência de se basear na escrita, deveria tender naturalmente para a permanência, ao contrário do que invoca.

Outro parágrafo de Groys do ensaio em que se refere às instalações como forma exclusiva da arte contemporânea:

> A instalação é para o nosso tempo aquilo que o romance foi para o século XIX. O romance foi uma forma literária que incluiu todas as demais formas de literárias de então; a instalação é uma forma de arte que inclui todas as demais formas de arte.

Groys fala das instalações e do uso de elementos heterogêneos: coisas da arte original, da reproduzida, objetos materiais etc. É marcante a comparação que ele faz com o romance do século

---

[37] Ultimamente tenho tentado em vão entrar no endereço de El peronismo es como (Gradin provavelmente encerrou a instalação). Para ampliar o debate ao redor das suas propostas, sugiro o livro de Juan José Mendoza, de interesses mais amplamente digitais e vanguardistas, e um artigo interessante de Santiago Llach sobre poesia e política. J. J. Mendoza, Escrituras past. Tradiciones y futurismos del siglo 21. Bahía Blanca: 17 grises, 2011; Santiago Llach, "Lo que viene después, 1". Pampa, Buenos Aires, setembro de 2011. [Ambos sem tradução ao português, N. T.]

XIX; suponho que sob a premissa de identificá-lo como forma realista por excelência. E projetando um pouco o argumento, eu diria que se existe a possibilidade de um realismo na literatura distanciado das suas próprias convenções agora esgotadas, isso passa pela ideia de instalação enquanto artefato que mostre a própria artificialidade da narração e ao fazê-lo conserve, ou antes proteja, a materialidade externa dos objetos que exibe ou revela.

Dezessete. Ambas as questões se desdobram naquilo que eu chamaria de tensão documental. A narração como história que precisa do estatuto documental para, à sua distância, distinguir-se como ficção. Não tenho certeza se a referência de Groys aos romances do século XIX é pertinente para falar da arte contemporânea. Ao menos não no caso da literatura, que em vez de buscar por meio de um gênero a convergência de todas as formas parece, ao contrário, assistir à proliferação exógena de formatos e, por meio deles, à multiplicação de modelos de realismo, tomando às vezes como inspiração ou modelo elementos da reprodução digital.

Sublinhados, a era dos álibis materiais

Um escritor bisbilhota os estúdios de artistas plásticos amigos, lugares saturados de desordem e de objetos heterogêneos, com obras meio acabadas e outras abandonadas há anos; tanto que deixaram de ser obras inacabadas para parecer objetos oscilantes, coisas que flutuam entre o entulho e o testemunho. O escritor passeia por esses estúdios, nos quais tudo se mostra reunido em um mesmo ponto no tempo: o momento da impressão "à primeira vista"; e pensa que se existe um verdadeiro estatuto da provisoriedade, ele se materializaria basicamente de acordo com cortes sincrônicos que deveriam ser feitos sobre esses mesmos estúdios, para então classificar os resultados.

Ocorre-lhe então de comparar esses galpões ou quartos cheios de coisas físicas e tangíveis com os objetos próprios dos quais se serve para escrever. Naturalmente, encontra diferenças grandes entre os dois grupos de coisas (isto é, da sobredeterminação dos materiais concretos e objetos físicos à sobreabstração das superfícies em branco e ferramentas de escrita).

Então, outro escritor bisbilhota as bibliotecas de pessoas amigas. O que aparenta ser inocente está carregado de indiscrição. Tem a sensação de fazer algo clandestino, e no entanto não se esconde do olhar dos donos. Ao contrário, sente-se protegido pela vigilância crédula a que está submetido. O escritor não busca qualquer coisa em particular, mas espera encontrar algo revelador. Quer descobrir nos livros marcas físicas da leitura – anotações, sublinhados, carquilhas, contornos, em geral qualquer incisão manual –, como se fossem os segredos mais protegidos pelos anfitriões. E ainda assim não está à procura do inconfessável, senão daquilo que vive em segredo sob cada marca: aquilo que considera um esforço de ressurreição da letra escrita.

Do ponto de vista de sua vontade e desejo, as marcas asseguram a recuperação do traço físico da escrita material, talvez nunca realizado na chamada era digital; e portanto essas marcas sobre livros alheios (alheios porque pertencem aos outros, em primeiro lugar, mas também porque foram escritos por outros) aparecem diante dos seus olhos com essa mescla de magia e justiça ambígua que em geral os atos restitutivos têm.

A tecnologia desenfreada e um certo tipo de empenho individual levaram-no a ser uma espécie de monge silencioso da escrita imaterial, cujos lampejos sobre a tela eletrônica ele percebe como a contraparte conceitual da escrita física. Pensa, por um lado, nos livros impressos, e por outro nas grandes coleções não sustentadas por manuscritos; e também nos futuros agora interditados a certo tipo de crítica textual. Pensa nos escritores heroicos que concebem seus textos como objetos enraizados no tangível – heroicos porque não condescendem com o abandono da escrita manual. Pensa nisso tudo e em outras coisas até chegar a alguns exemplos que aponta como emblemas da ruína e limite da cultura livresca ligada à literatura, em grande parte porque estamos afundados na era dos álibis materiais.

Pensa, sobretudo, em duas questões; por um lado, nas marcas que se fazem nos livros – e na paisagem conceitual estranha que deriva dessas páginas, nas se interveio inocente ou interessadamente; e, em relação a isso, nas diversas tentativas de reviver o oculto, ou essencial, que supõe se esconder nos manuscritos.

Dezoito. Refiro-me à escrita entendida como intervenção escrita ou apropriadora sobre livros impressos, e proponho uma citação sobre a leitura. Em um conto de Osvaldo Lamborghini, "La causa justa" [A causa justa], diz-se do protagonista: "Não lia, mas seus sublinhados eram perfeitos".[38] O personagem é um veterano linotipista, autodidata como manda o modelo. O atraente da frase é que está repleta de incógnitas, tende a desestabilizar as noções habituais sobre o ato de ler e seus derivados diretos, por exemplo, o que fazemos materialmente com aquilo que lemos. É mais conhecida e muito mais citada esta outra frase do autor – de repercussões também enigmáticas: "Publicar, depois escrever". Em um nível de compreensão, poderia equiparar-se ao sublinhar sem ler, com o escrever depois de publicar.

O ar macedoniano[39] desses enunciados convive em um conflito tênue com as hipóteses e operações pedestres que emergem

---

[38] Osvaldo Lamborghini, Novelas y cuentos. Buenos Aires: Sudamericana: 2003, p. 193. [Sem tradução ao português, N. T.]

[39] Em referência a Macedonio Fernández (1874-1952), escritor argentino responsável por uma reconfiguração radical da forma e da lógica literárias em contexto argentino, precedendo Borges. [N. T.]

deles como fórmulas (nisso consiste o humor de Macedonio). O "publicar, depois escrever" diz respeito a realizações do Lamborghini tardio, nas quais tomava um livro e intervinha na capa mudando-lhe o título e escrevendo seu nome: feito isso, já era um livro publicado e próprio. Depois escrevia no branco entre as linhas das folhas impressas, ou desenhava ou colava figuras sobre elas etc. Ou seja, compunha a obra depois de "publicar".

A outra atribuição é menos lúdica e simplesmente programática: "Não lia, mas seus sublinhados eram perfeitos" remete ao contexto ideologizado dos anos setenta, a que Lamborghini pertenceu substancialmente, e em que o sublinhado livresco não era apenas uma estratégia de extração de valor simbólico e uma forma de construir uma segunda hierarquia textual, mas também, e sobretudo, significava traduzir a trama mais ou menos equânime da concatenação de acordo com as linhas e os parágrafos, a um sistema – ou mercado – de diretrizes ideológicas ou políticas mais ou menos relevantes ou urgentes, transmissíveis. Sublinhar buscava fixar um sentido, e assim propor uma leitura presumivelmente direta, dentro do universo variável dos sublinhados possíveis. A frase alude a essa funcionalidade performativa quando invoca a ideia de perfeição.

E é isso que a incumbência evoca quando depois, na seção seguinte do conto (também intitulada "La causa justa"), um dos personagens exige a outro cumprir, sob a ameaça do castigo, aquilo que suas palavras prometeram pelo simples fato de terem sido pronunciadas. Este guardião do literal, que é estrangeiro e fala inadequadamente, *sublinha* de maneira exemplar aquilo que os outros dizem, mesmo quando é incapaz de entender as nuances da expressão oral. Inclusive se poderia dizer que, graças ao fato de falar mal e ignorar os códigos relativos ao coloquial, ergue-se como o vigilante mais legítimo da coerência entre palavra e ato dos falantes; do mesmo modo que quem não lê seria o melhor indicado para acertar o sublinhado perfeito. Porque o sublinhado perfeito, como operação subjetiva e portanto inquantificável, não é o mais exato nem o mais certeiro, mas sim o mais inspirado.

O sublinhado sitia a lógica da leitura, isto é, a progressão equânime da linha, e deste modo irrompe na escrita do outro, neste caso do autor em questão, a partir de uma lógica insólita. Em um passo mais adiante, o sublinhado se tornaria um gerador de elipses discursivas que se serve de uma tessitura tecida por outro. Seria possível dizer: o sublinhado é a escrita por outros meios.

Interessa-me esta postulação imprecisa do sublinhado como mediação nem sempre eficaz entre sujeito e saber; isto é, um sublinhado inspirado que não requer demonstração de coerência nem lógica de pertinência, ferramenta entre zelosamente conceitual e subjetivamente literária de ação individual sobre os livros. Porque o sublinhado é ostensivamente um gesto de apropriação – ou antes uma ação larval, privada e portanto não exaltada pela crítica, de apropriacionismo; embora enquanto tal, como sabemos, capaz de se converter em um fato estético ou plenamente literário caso se verifiquem determinadas circunstâncias vinculadas com o campo da arte em geral.

Mas eu tentaria também me concentrar nos sublinhados – digo agora sublinhados para aludir a toda marca que fazemos a lápis ou tinta sobre o livro, desde anotações até sinais nas margens – como uma operação que, de um modo em geral despercebido, restaura uma prática, a da escrita manual, da qual o livro está fatalmente distanciado enquanto textualidade que quase certamente desde o começo foi apenas uma sequência digital, ou em todo caso da qual se foi distanciando na medida em que progrediu como futura mercadoria textual.

Assim, por um lado temos os sublinhados e por outro as escritas caligráficas, cada vez mais raras. A antiga vibração pictórica que está presente nos manuscritos preservados encontra nos sublinhados livrescos cotidianos – e talvez, em certo nível, irreflexivos – uma inesperada e irônica sobrevida.

Dezenove. Aponto alguns exemplos bastante eloquentes da convivência possível e multifacetada que se pode propor entre livro e anotação. Ou melhor, entre livro e novo original – caso se tome ao pé da letra a diretriz apropriacionista de Lamborghini. Um livro feito a partir das anotações de Borges pode nos oferecer uma pauta propriamente livresca, até mesmo bibliotecológica. Na Biblioteca Nacional argentina, com sede em Buenos Aires, revisaram-se vários volumes dispersos que tinham em comum o fato de terem sido lidos e anotados por Borges durante seus anos como diretor da instituição.[40]

Ao longo de vários anos, coletaram-se os segmentos e os classificaram acompanhados pelas anotações de Borges, explicadas em profusão pelos editores. O novo livro tem resultados paradoxais. Em primeiro lugar, é organizado centralmente em torno das anotações borgeanas mesmo quando, como comentários propriamente ditos, elas tendam a ocupar um lugar subsidiário e, por assim dizer, estrangeiro na hierarquia textual de cada livro comentado.

Esta inversão de prioridades tem um efeito distante do previsto, pois emudece a anotação de Borges para qualquer leitor que não seja especialista no assunto em questão e que não compartilhe do conjunto de premissas críticas dos editores. A intenção desestabilizadora, interpelativa, inerente a cada anotação, que tem um estatuto de réplica inscrito em sua modalidade manuscrita, é assim silenciada ao ser normalizada como corpo consolidado de um novo formato livresco. A isto se poderia acrescentar o mais evidente, na medida em que é gráfico: a evaporação de qualquer

[40] Laura Rosato; Germán Álvarez (editores), Borges, libros y lecturas. Buenos Aires: Biblioteca Nacional, 2010. [Sem tradução ao português, N. T.]

marca autógrafa. Uma ausência também traiçoeira na medida em que, como sabemos, apenas a marca manual feita pelo leitor adequado resgata simbolicamente determinado exemplar do restante dos exemplares seriados.

No que poderia ser o outro extremo (o sublinhado anônimo, antes indeterminado), um trabalho de Ezequiel Alemian, quase uma *plaquette*, consiste em cópias saltadas de páginas de um livro de Paul Feyerabend, que contêm sublinhados feitos à mão.[41] Algumas páginas, que não estão em ordem correlativa, têm apenas um sublinhado; outras, dois. E os sublinhados são às vezes mais longos do que outros, mas nunca muito extensos. Trata-se dos típicos sublinhados de leitores que buscam colher um fio de pensamento ou uma frase conclusiva.

O leitor tem a possibilidade de ler o contexto dos sublinhados, isto é, as páginas completas em que estão inscritos. Mas também, caso não tenha vontade ou tempo, lê apenas o sublinhado. Poderia também encadear os sublinhados e lê-los sequencialmente, abstraindo a grande quantidade de texto não sublinhado. E, se for o caso, também é possível prestar mais atenção ao não sublinhado do que ao sublinhado.

O livro se apresenta então como uma proposta de vários métodos de leitura – assim como de modos de leitura: estamos lendo uma leitura?, ou nos estão dramatizando uma não-leitura?. A obra expõe um procedimento específico baseado na cópia e no sublinhado, e por isso, como ocorre com aqueles livros vivificados por um procedimento, às vezes não é necessário lê-los para ver de onde vêm. Digamos que a obra se expressa por meio da sua forma. Este tratado é a realização do sublinhado lamborghiniano perfeito, que não exige leitura para ser traçado?

---

[41] Ezequiel Alemian, El tratado contra el método de Paul Feyerabend. Buenos Aires: Spiral Jetty: 2010. [Sem tradução ao português, N. T.]

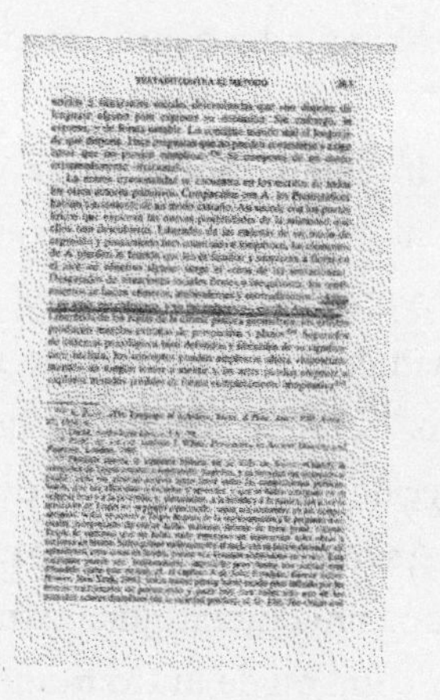

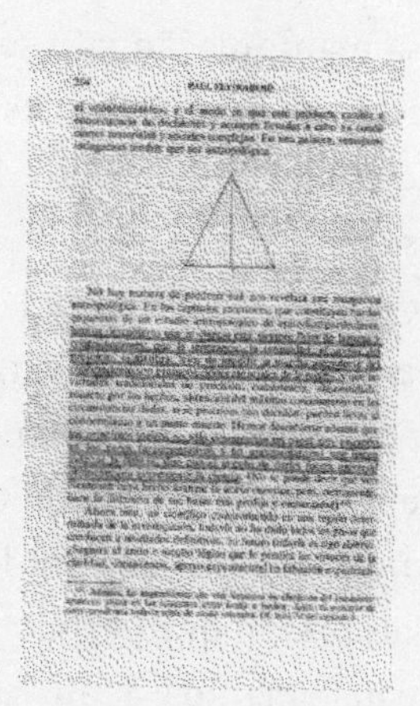

Trago este exemplo de Alemian com o objetivo de chamar a atenção para, ou antes propor, essa espécie de ubiquidade do aurático, capaz de se instalar em um livro de texto, na fotocópia que abriga os sublinhados e nos sublinhados que tratam de fixar um conteúdo vinculado à síntese, como se buscasse isolar certos parágrafos para que pareçam extrapolações de origem caprichosa.

Há nesse texto uma atitude segundo a qual é importante, até mesmo necessário, criar um novo texto a partir de intervenções sobre outro. Mas esse outro não é um original; o autor – autor?: é quem faz a fotocópia?, quem traça o sublinhado?, quem reúne essas páginas? – não propõe hierarquizar algumas frases sobre outras tomando o tratado de Feyerabend, nem obviamente propõe uma reescrita dessa tradução.

Tenho a impressão de que a proposta é em grande medida produzir aura a partir de uma materialidade serial, criar um original que consista na intervenção sobre outro. E essa intervenção, embora física, tem os atributos da escrita imaterial. Os rastros da manipulação introduzem – seria possível dizer, antes, que repõem – a dimensão aurática, mas sob a condição de que essa manipulação não seja elusiva o bastante para que não se descubram suas intenções.[42]

No entanto, nem todo traço individual sobre uma superfície impressa é garantia de vibração imaterial. Em *O caminho de Ida*, de Ricardo Piglia, vê-se o caso de uma marcação que, por ser tão funcional e "treinada", reduz extremamente a promessa de impacto plástico inscrito no procedimento.[43] O livro inclui na página 228 a imagem de uma página de *O agente secreto*, romance de Joseph Conrad, que foi marcada por Ida. As marcas são variadas e de diferente natureza, o que permite supor uma hierarquia textual: cada nível de informação é assinalado de um ou de outro modo. Renzi, que ao descrever as marcas precisa explicar a respeito de Ida: "Não era uma das que sublinham às tontas...", encontra nelas uma comprovação: Ida descobriu o terrorista. A leitura permitiu-lhe decifrar o enigma, e as marcas feitas são a prova. Ao mesmo tempo, esses sinais, convertidos em uma linguagem cifrada quando Renzi os observa, servem para transmitir o saber descoberto.

---

[42] Aquele que foi, entre outras coisas, um dos nossos iconoclastas mais ilustres e inteligentes, Charlie Feiling, na época de sua passagem pela universidade, desenvolveu uma virtuosa inclinação afetiva e conceitual com relação às fotocópias em geral e de livros em particular. Ele as encadernava em grossas argolas ou as guardava dentro de envelopes usados; montanhas de papéis que ele colocava na ponta das estantes, para que elas não se quebrassem. Muitos dos títulos fotocopiados eram inacessíveis de outro modo. Feiling tinha uma fraqueza particular por fotocópias baratas e de baixa qualidade, sobretudo por aquelas cuja impressão se esvaía com o passar do tempo por conta de uma tinta ruim ou insuficiente. A debilidade técnica e precariedade conferiam a esses fac-símiles de livros uma nobreza de que careciam seus originais, isto é, os exemplares impressos. A fotocópia turva estabelecia uma consonância mais certeira com a natureza volátil da hierarquia de saberes; mas, por outro lado, o seu caráter efêmero era um tributo ao trabalho árduo e instável de reprodução do conhecimento. Como se Feiling quisesse dizer: toda erudição que se preze deve basear-se em uma materialidade plebeia e em uma técnica ameaçada. Três livros reúnem boa parte da obra de C. E. Feiling: Los cuatro elementos. Buenos Aires: Norma, 2007 (três romances e um inacabado); e Con toda intención. Buenos Aires: Sudamericana, 2005 (ensaios e artigos); Amor a Roma. Buenos Aires: Sudamericana: 1995 (poemas). [Todos inéditos em língua portuguesa, N. T.]

[43] Ricardo Piglia, El camino de Ida. Buenos Aires: Anagrama, 2013. [Ed. bras.: O caminho de Ida. Tradução de Sérgio Molina. São Paulo: Companhia das Letras, 2014.]

Vinte. O concreto é que marcas e anotações aludem a mais de uma gramática de leitura. Por que em alguns casos as marcas, e por conseguinte toda inscrição manuscrita, prolongam a presença ou o vigor de quem as desenhou, mesmo quando não sabemos de quem se trata e o que nos quis dizer, e em outros casos isso não acontece? Creio que há a influência do vínculo de redundância que o próprio texto estabelece com as marcas. No caso do livro de Alemian, a uniformidade dos sublinhados emudece a leitura que eles supostamente representam e, ao emudecê-la, permanecem como ferramentas ambíguas de alguma expressão hipotética. Este caráter aproximativo, e por conseguinte desestabilizador, se potencializa com a simples grafia do traço manual. Por outro lado, no exemplo de Piglia, a inclusão dessa página com marcações dentro da narração dedutiva – policialesca, crítica e ideológica – furta às marcações qualquer irradiação possível que não esteja vinculada com aquilo que o texto busca ler nelas.

Também na Biblioteca Nacional de Buenos Aires, exibiu-se em 2014 um projeto realizado por Esteban Feune intitulado "Leídos" [Lidos]. Feune entrevistou 99 escritores argentinos com o critério de fotografar marcas de uso ou leitura dos livros de suas bibliotecas. Uma das intenções explícitas do seu projeto era registrar...

Aquilo que não deixa marcas visíveis ou corpóreas: a leitura. Por isso, para resgatar esses testemunhos do esquecimento ou do segredo de justiça do flerte que protagonizam leitor e livro, estante e biblioteca, escolhi escritores de todas as naturezas. Há jovens e velhos, poetas e romancistas, consagrados e desconhecidos...[44]

A intenção de Feune é tanto arqueológica quanto restauradora. Busca vestígios materiais de uma operação sem registro autônomo, como é a leitura; e durante a operação encontra uma paisagem múltipla. Não apenas as anotações a lápis ou a tinta, mas também os sinais de uso, de deterioração, de frequentação multifacetada dos livros.

Ao postular a busca por um objeto evasivo e intangível como a leitura, Feune coloca em evidência, por meio das suas fotos, uma economia secreta e de lógica inversa: as marcas resgatam o livro, enquanto objeto físico, da sua condição inerte, mesmo quando graças a elas estejam em muitos casos condenados à deterioração definitiva. Para cada caso, pode-se propor uma cadeia de resultados: por exemplo a obra de Proust ou de Marina Tsvetáieva.

[44] Esteban Feune de Colombi em Leídos. Fotografías de libros intervenidos por 99 escritores. Biblioteca Nacional, Sala Juan L. Ortiz, Buenos Aires, julho-agosto de 2014. As imagens desta página e da seguinte correspondem a anotações ou intervenções de Alan Pauls, Beatriz Sarlo, Daniel Link e Teresa Arijón.

O uso excessivo que a imagem mostra se dirige ao exemplar, ao livro, ao romance, ao autor, à literatura em geral. O livro – deixa claro uma exposição como a de Feune – é uma caixa chinesa não apenas pela cadeia de letras e palavras que o constitui; ele o é por conta daquilo que encerra em seu interior e inclui em seu exterior. E porque está aberto, graças ao estatuto bidimensional da sua estranha morfologia, a admitir acréscimos de valor ou sentido quase em um mesmo plano da sua presença – refiro-me à página.

Vinte e um. Eu gostaria também de me referir a dois casos que considero bastante ilustrativos. Ambos falam das atuais condições conceituais de intervenção estética, ou em alguns casos editorial, ligada aos originais e às anotações livrescas. Há vários anos o núcleo duro do mundo da edição literária propôs uma convergência pontual entre a presença imutável, oculta da anotação e um evento letrado enorme. Tratava-se de *O original de Laura*, de Vladimir Nabokov (Knopf, 2009). A promessa do livro era que cada leitor (na verdade, cada proprietário de um exemplar) pudesse ter êmulos das fichas nas quais o autor escreveu este romance embrionário. Não a imagem das fichas sobre cada página, mas sim a sua reprodução exata, em papel bastante grosso, emolduradas por um recorte que permitia separar as figuras e desse modo obter peças semelhantes às originais.

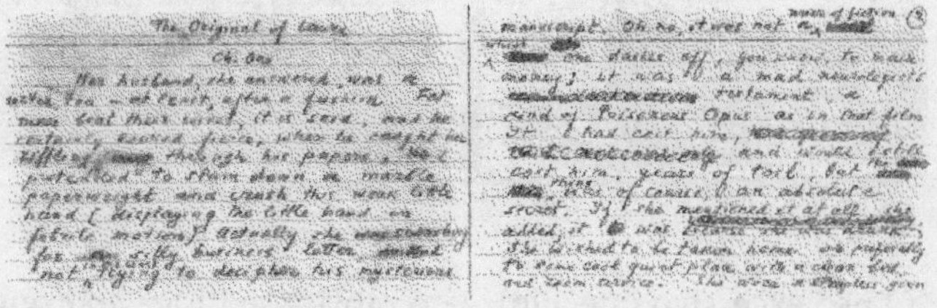

Tenho a impressão de que, em termos auráticos, o resultado foi deplorável devido à mesma insistência analógica e à vaidade técnica da emulação. Em todas as páginas, por sob o retângulo correspondente à ficha, se reproduzia o texto de cada uma. Precisamente o esforço para reconstruir o original, dando por certo o reaparecimento da vibração material, a bloqueava e convertia as fichas, uma vez literalmente separadas das páginas, em algo como souvenir de museu. Enquanto isso o livro mostrava um buraco retangular profundo, que podia servir como cofre secreto ou evocar um sarcófago – seria possível dizer: esse sarcófago representa a cerimônia fúnebre do livro impresso, que quer que a literatura desapareça com ele, realizada muito antes da sua morte efetiva. Abra qualquer página e ao pé da cavidade você verá o texto sintético de Nabokov. Em certos momentos, esse vazio era notoriamente mais eloquente, porque mudo, do que os papelões que o haviam preenchido com estridência.

O outro exemplo corresponde a William Kentridge, de grande trajetória com instalações, e também autor de narrativas visuais autoconstrutivas, um de cujos últimos livros, *No, It Is* [Não, é sim], encena o apagamento do objeto livro propriamente dito para tornar-se suporte de uma ou várias séries figurativas.[45] As sequências

[45] William Kentridge, No, It Is. Johanesburgo: Fourthwall Books, 2012. Um livro mais recente do mesmo artista, com a mesma concepção, radicaliza a ideia já desde o título: 2nd Hand Reading [Leitura de segunda mão]. Johanesburgo: Fourthwall Books, 2014. [Ambos sem tradução ao português, N. T.]

impostas sobre as páginas de algum livro que pertence, por suas características, a um gênero que apaga a presença do autor (refiro-me a manuais ou dicionários antigos, textos esclerosados como fontes de referência mas que ganharam consistência documental equivalente à sua inutilidade prática) não podem ser tomadas unicamente como referências a motivos ou tópicos de outras obras do artista, mas também como intervenções que extraem sua condição inspiradora de um plano neutralizado pelo passar do tempo e pela geometria convencional das colunas de livros de referência.

Por isso eu me arriscaria a tomar estas imagens como emblemas de um grau superlativo de anotação, que se diferencia do "publicar, depois escrever" de Lamborghini pelos regimes estéticos distintos que operam por trás de ambas as ações, mas cujos resultados, como objetos combinados, pertencem a um mesmo diagnóstico de esgotamento da escrita serial pela perda de irradiação derivada do cancelamento definitivo da letra escrita como atividade refletida pela própria escrita.

Outra vez sobre a esfera aurática, nos casos de García Vega e Alemian se está diante de algo como instalações verbais. Sendo de natureza distinta, ambas as operações apelam a ações verbais extremamente limitadas, na fronteira da discursividade. Como se dissessem que a representação do aurático sob os paradigmas dos modos digitais só poderia se produzir como subtração e deslocamento. Por um lado, o deslocamento à la Brecht, isto é, fazendo da consciência da artificialidade o mecanismo que permite uma confiança plena na capacidade enunciativa da obra; e por outro a subtração, isto é, a negatividade, ou seja o silêncio que tende a representar a extensa faixa do não dito.

Vinte e dois. Gostaria de voltar a um ponto relacionado à presença de manuscritos e sua recirculação facilitada por padrões digitais de impressão. A irradiação simbólica do manuscrito permite, por vezes, recuperações em formato livro ou sob protocolos acadêmicos que tendem a solapar, por meio de uma nova geração de edições de luxo, a ambivalência inscrita em tais objetos eminentemente materiais. Exemplo recente é um livrinho de Susan Howe, em que se servindo de imagens escaneadas de prestigiosos manuscritos literários nos quais se ampara ao modo de ilustração, ou antes de referência hierárquica, compõe uma dissertação ensaística.[46]

O resultado é uma estranha e por vezes impactante colagem de manuscritos reproduzidos, combinados com esquemas tipográficos compostos à maneira imitativa daqueles, junto com uma argumentação séria e pausada em torno de questões supostamente transcendentes para a literatura. A navegação de Howe propõe atravessar épocas e autores, identificando pontos de contato para assim sustentar um discurso autônomo a todos eles, e que deste modo dependa apenas do próprio passeio da autora por coleções bibliográficas reservadas. Como se a grande literatura só pudesse assegurar sua vigência por meio do mais icônico e pictográfico da sua condição original, que é a escrita manual – e como se esta garantisse a síntese mais durável através do tempo.

Também se pode considerar uma tese diferente: que a tecnologia digital tenha vindo em socorro da alta literatura, em um

---

[46] Susan Howe, Spontaneous Particulars. The Telepathy os Archives. Nova York: New Directions, 2014. [Sem tradução ao português, N. T.]

contexto no qual esta, inclusive a própria ideia de alta literatura, já há bastante tempo e por vários motivos se encontra sob ameaça permanente. Na medida em que o manuscrito, em qualquer de suas formas, converteu-se em um canal naturalizado da tecnologia digital, indústria e academia operam a favor de uma atualização, neste caso mediante a ressurreição dos originais, do valor simbólico de obras especialmente celebradas pelas instituições.[47]

Livros como o de Howe estão também próximos a um subgênero museal como o catálogo. Graças à reprodução digital, o catálogo pode por vezes ser uma mera coleção de originais – neste caso manuscritos – impecavelmente impressos, que todavia, por conta de sua suntuosidade gráfica ocasionalmente obscena, esvaziam de imediatez e vibração física o objeto que se propõem replicar e cujo efeito presencial buscam produzir. Também exemplo desta tendência é a edição mais ou menos recente de originais adventícios de Emily Dickinson. Um livro de formato grande cujo primeiro efeito é o contraste entre pedaços e envelopes usados ou papéis recortados em geral, nos quais Dickinson escreveu essas peças, e a elevadíssima qualidade da reprodução e da edição.[48]

Nos casos deste livro de Dickinson, Howe e vários outros, é evidente que o desenvolvimento de técnicas acessíveis para a reprodução de originais resultou na aparição de novas formas de verossimilhança de textualidades por meio do fac-símile, embora ao custo de tensionar ao máximo, em alguns casos, o vínculo entre o substrato material – acossado naturalmente pela ameaça e a precariedade física – e a intenção de sacralizar

[47] Este tipo de renascimento literário por meio da ressurreição digital de manuscritos expõe também até que ponto a tecnologia introduz novos e mais mediadores especializados entre autor e leitura, em um sentido contrário às primeiras expectativas de equiparação de hierarquias no início da proliferação digital.
[48] Emily Dickinson, The Gorgeous Nothings. Nova York: New Directions/Christine Burgin, 2013. [Há uma edição brasileira da obra complete de Dickinson: Poesia completa. Tradução de Adalberto Müller. Campinas: Editora UnB/Editora da Unicamp, 2020-2021.]

pictoricamente esse mesmo manuscrito como forma de validar a sua reprodução mercantil.[49]

Vinte e três. O manuscrito fica em geral mudo diante das tentativas de sacralização. Convém não esquecer, em todo caso, que mesmo como reserva simbólica de conteúdos expressivos ou estéticos, o principal atributo do manuscrito passa pela relação que se estabelece com a experiência, da qual, enquanto documento, ele se revela prova de verdade. Por razões óbvias, que em geral obedecem às premissas ainda vigentes para práticas estéticas como a literatura ou a pintura em geral, é natural associar traço ou escrita manuais com as esferas mais próprias da criatividade individual. Naturalmente, as possibilidades da reprodução técnica não apenas transformaram a maneira de conceber e contemplar a arte, mas também a esfera daquilo que se considera real ou natural para constituí-lo como objeto de representação.

Um exemplo desse tipo de movimento dilemático entre o manuscrito, como registro estético ausente, e a persuasão conceitual exercida pelo reproduzido, pode ser visto na obra fascinante de Fernando Bryce, parte da qual, sob o nome de exercícios de "análise mimética", como ele os chama, reproduz – copia manualmente – a imprensa ou documentos impressos do século XX.

---

[49] O enquadramento dessas operações está bem resumido em uma proposta de N. Catherine Hayles, analisada por Craig Epplin, quando sugere que dada a integração da tecnologia digital aos processos de impressão, o impresso tende a ser mais propriamente um formato de texto digital do que um canal diferente. Craig Epplin, Late Book Culture in Argentina. Nova York/Londres: Bloomsbury Academic, 2014. [Sem tradução ao português, N. T.]

EL PUEBLO

la batalla

O resultado da operação é conturbado, pois se observa certa serialidade própria da reprodução técnica, porém executada com os protocolos do artesanato pictórico ou caligráfico. Neste caso, o original se torna produto serial – um pouco o apropriacionismo de Warhol –, mas é a "cópia", sendo minuciosamente manual, o elemento que assume os atributos da inspiração estética. Do meu ponto de vista, essa operação evoca em parte a restituição de um bem perdido que a escrita já não possui de maneira natural, mas que foi trasladado ao aparato tecnológico – de onde, como no caso de Bryce, precisa ser resgatado. Produz-se então uma espécie de atualização do documento histórico – ou diretamente da história – por meio da série de arte, que para tanto se despoja dos atributos técnicos que encontra simbolizados em seu objeto.

Quando há alguns anos vi no Malba a exposição de Bryce,[50] o primeiro impacto se deveu a essa ideia um pouco delirante que subjaz à sua proposta (e também à organização espacial da exibição), que sugeria uma série possivelmente infinita a ser copiada pelo artista, que para isso tinha em mãos o número que literalmente quisesse de jornais e cartazes relacionados com os acontecimen-

[50] Fernando Bryce, "Dibujando la historia moderna", exibição no Museo de Arte Latinoamericano de Buenos Aires, 29 de junho – 20 de agosto de 2012.

tos políticos mais ostensivos da história do Peru ou do mundo em geral. E em um segundo momento, naturalmente pensei no realismo extremado da proposta, que naturalmente transtornava uma discursividade tão complexa e hierárquica como a dos cartazes políticos e jornais.

Essa complexidade era subjacente, e a subtração levada a cabo por Bryce ficava evidente na simplicidade do trabalho exigido para imitar aquelas capas. Porque Bryce não tinha escrito de seu próprio punho aquelas figuras e caracteres como um passo para a posterior reprodução gráfica – da maneira como Joaquín Torres García tinha decidido publicar alguns dos seus textos em versão manuscrita –, mas antes estava guiado pela ideia de um original, por assim dizer, subsidiário e absolutamente obediente à escrita gráfica.

Vinte e quatro. Uma operação diferente de restituição se observa com o trabalho de Mirtha Dermisache (1940-2012). Ao contrário do caso de Bryce, Dermisache apresenta uma escrita assêmica. É um enredo que não se pode ler; não porque provém de um alfabeto que desconhecemos, mas porque não pertence a um. Também utiliza formatos de jornal, mas para esquivar-se de toda temporalidade cronológica e repor no diagrama do tabloide uma presença escritural que somente alude a nada preciso, senão a aquilo que o jornal nunca mostra em primeiro plano mas que constitui sua plataforma persuasiva: a forma da página enquanto suporte físico. No seu silêncio, as grafias de Dermisache vêm a ser uma reivindicação bastante radical daquilo que a escrita esconde, que é a sua profunda ilegibilidade.

A minha impressão é de que estas duas experiências (Bryce e Dermisache) não conversam apenas com o campo das artes visuais e com o universo da arte em geral, mas tendem a comunicar, e repor sob outra forma e sobretudo por meio de outra enunciação, o quanto a narração se distanciou da incumbência manual da escrita. Não para restaurá-lo, mas para refletir de um modo solipsista sobre esse vínculo que deixou de ser obrigatório.[51]

As linhas assêmicas de Dermisache acabariam por se referir também aos manuscritos literários, e aquilo que "dizem" sobre eles com esse silêncio sugestivo é que o autor autógrafo – se imaginamos uma escrita literária trasladada a um nível de que Dermisache se serve – aponta para vários níveis de significação e expressividade. Talvez a mesma disposição sêmica da escrita conspire contra as possibilidades afetivas da composição caligráfica; e, neste sentido, a escrita assêmica de Dermisache teria como objetivo mostrar essa potencialidade eventualmente libertada dos mandatos de transmissão de significado.[52]

---

[51] Eu poderia mencionar os diversos quadros de León Ferrari (1920-2013). Em especial Escritura, de 1976. No entanto há outros um tanto inconsistentes com essas premissas e nos quais, provavelmente graças a uma combinação um tanto pacífica de ambas as linguagens, os resultados se curvam às formalizações habituais da escrita ou das artes plásticas.

[52] É bastante extensa a lista de trabalhos críticos e comentários sobre a obra de Mirtha Dermisache, em especial depois das observações de Barthes sobre seu trabalho. Quanto à escrita assémica em geral, um blog administrado por Michael Jacobson reúne propostas numerosas e atualizadas, além de ideias relacionadas. O subtítulo do blog é eloquente a respeito de seus interesses e intenções: "This weblog explores asemic writing in relation to post-literate culture" [Este blog explora a escrita assêmica em relação à cultura pós-literária] (<http://thenewpostliterate.blogspot.com>).

Vinte e cinco. Em um ponto quase frontal se localiza Torres García. A antinomia entre traço manual e serialidade que Dermisache resolve com a flutuação indeterminada da linha e a onipresença do desenho gráfico padronizado, em Torres García opera de um modo menos radical – no caso dos seus livros –, mas mais assertivo. Na medida em que sua doutrina estética despreza a perspectiva e qualquer indício de sintonia realista, o traço individual adquire para Torres García um protagonismo central na definição da personalidade estética do artista.[53] Por outro lado, sua convicção plástica, planista e transcendental o leva a avizinhar-se de rotinas próprias da escrita manual. Não me refiro apenas ao protagonismo da linha e ao uso alegórico dos signos; também à grade típica dos seus quadros construtivos, que termina sendo um equalizador enunciativo diante do qual o desenho apenas pode armar-se de

---

[53] Torres García apontava, em uma conferência de 1934: "Os trabalhos grafológicos, destinados a determinar o caráter de cada um por meio do traço peculiar da sua escrita, poderão ou não ter resolvido a pretensão neste sentido (...), mas são por si só interessantes por destacar um fato que merece estudo e que nos diz respeito.

Temos em primeiro lugar que a escrita traduz algo individual, e a tal ponto que, mediante seu exame cuidadoso, pode nos revelar os segredos mais íntimos, não apenas da psicologia e do modo de ser do indivíduo, mas até mesmo do seu estado moral e passional em um dado momento.

Pois bem: nisso nós podemos encontrar base para apoiar a ideia de que existe um traço individual, seja pintando ou desenhando, tal como existe na escrita. E a partir disso, um modo pessoal de compor, de combinar as linhas, de estabelecer determinadas proporções, de encontrar certos tons etc. Ou seja, qualidades e valores de todos os tipos, que podem se manifestar se trabalharmos sem a preocupação de querer imitar o já feito por outros, e apenas, em vez disso, dar liberdade à expressão própria da maneira mais natural possível. E quer dizer também que algo se tem; e que se o possuímos é impossível obtê-lo ou perdê-lo; e também, por tais razões, não se deve buscá-lo. E então não faz sentido o medo que costuma acometer o artista, de perder sua personalidade, nem o vigor em buscá-la. É como se quisesse encontrar si mesmo, algo que ninguém entenderia" (Joaquín Torres García, Universalismo constructivo. Madrid: Alianza, 1984, p. 42). Uma citação de Martin Heidegger, praticamente contemporânea desta formulação de Torres García, parece partilhar do mesmo espírito de transparência moral e da mesma desconfiança com relação à escrita mecânica: "A máquina de escrever arranca a escrita do âmbito essencial da mão, e isso significa, da palavra. (...) A escrita mecânica priva a mão de seu valor próprio no âmbito da palavra escrita e degrada a palavra a um meio de comunicação. Além disso, o escrito à máquina oferece a vantagem de que ela esconde a escrita à mão e com isso o caráter. Na escrita à máquina todos os homens parecem iguais" (M. Heidegger, Parmênides. Tradução de Sérgio Mário Wrublevski. Bragança Paulista/Petrópolis: Editora Vozes, 2008, p. 120).

seu próprio traço como virtude visual. Mas os quadros são sempre quadros, mesmo quando tenham muito da escrita. É em alguns dos seus livros que Torres García busca romper com a principal restrição do original manuscrito – isto é, seu caráter único –, mas esquivando-se das mediações da composição tipográfica serial.

Trata-se de livros fac-similares (*La ciudad sin nombre* [A cidade sem nome], *Tradición del homem abstracto* [Tradição do homem abstrato], entre outros), provenientes de uma série de manuscritos encadernados. São à sua maneira livros de seu próprio punho. Vários deles combinam a escrita com desenhos ou figuras que apresentam os lugares ou âmbitos nos quais a ação se produz. Não se trata de uma ordem gráfica sujeita a margens ou quadros dispostos, mas antes de uma negociação plástica entre letra e imagem ilustrativa que se desenrola à medida que a escrita avança.

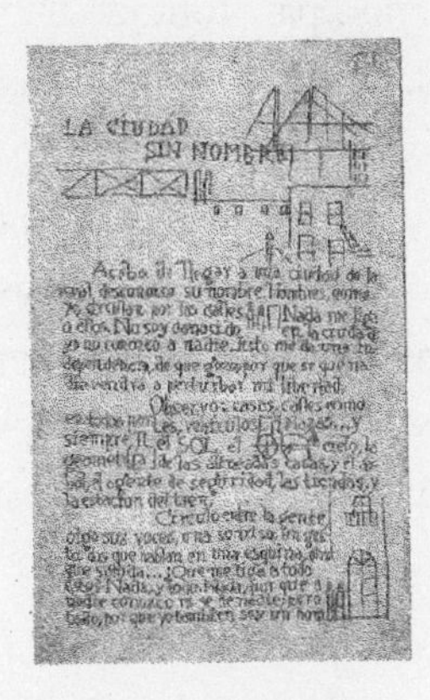
LA CIUDAD
SIN NOMBRE

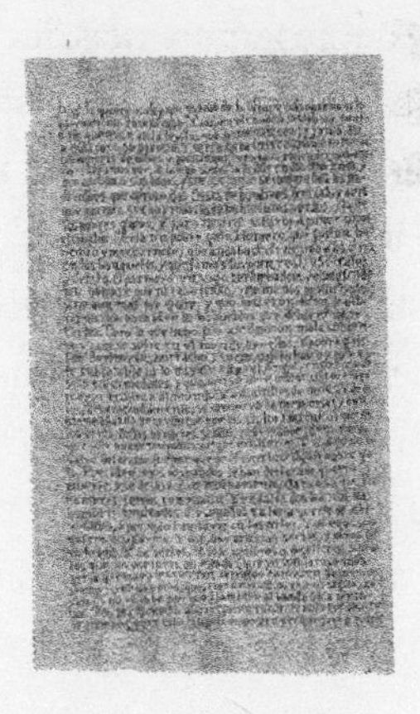

A ideia de manuscrito fac-similar envolve pleitear a sobrevida e assegurar a multiplicação do original. Muito provavelmente Torres García tenha se sentido interrogado pelas possibilidades poéticas desta modalidade fronteiriça aos livros de artista. Por um lado, havia sua perene condição grafológica; por outro, a geometria restritiva da página, convite desafiador ao jogo com registros plásticos combinados. No entanto, a intenção de Torres García não era publicar esses textos enquanto tais, mas fazer livros de matrizes manuscritas que dispensassem o processo de composição tipográfica.

Por sua vez, a tipografia técnica feita à mão (isto é, a letra impressa, ou sua impostação manual) – parece dizer esta proposta – almeja quase de maneira física a lacuna conceitual entre original físico e original textual. Deste modo, ao se propor o livro como oferenda a essa convivência, ele claramente aposta em preservar a reverberação plástica de todo o manuscrito, enquanto apela ironicamente à típica presença calada e objetivada dos objetos seriais, isto é, neste caso, impressos.

Em certo ponto, é como se Torres García tivesse criado uma família tipográfica privada, amparando-se no próprio traço e em seu uso mais do que em ferramentas de desenho, para contudo aludir por meio da sua letra à serialização industrial. Diante dessas páginas, aprecia-se o jogo particular de uma dupla impostação: o manuscrito se apresenta como impresso, e a tipografia industrial – semelhante às letras ou signos estampados – se submete ao traço individual. Estas operações simultâneas remetem naturalmente a outra, que está ausente da cena da página mas que as unifica: a alusão ao ferro sobre a superfície, para estampar as letras através da abertura. Torres García queria dizer com isso que a escrita é antes um ato material de fabricar palavras do que traduzir o pensamento por meio do próprio traço?

Volta às primeiras notícias

Vinte e seis. O curioso das notícias da escrita é que elas parecem mais ou menos atemporais. Na medida em que pertencem a um território – o do escrito – que nos rodeia a todo instante e de diferentes modos, há sempre uma substância que se reanima pelo nosso contato, mesmo quando é apenas visual, e desperta a lembrança ou hábito de alguma prática limítrofe, ou implícita, que é obstinadamente familiar a outra antiga. Isso permite que a escrita, na medida em que é uma dimensão permanente do mundo, possa ser sustentada como um concerto de ações familiares com fórmulas e protocolos semelhantes, mas com resultados heterogêneos, dentro do qual cada membro da confraria se comporte de um modo bastante unívoco: seria a zona da realidade na qual apenas se escreve, por exemplo.

No começo mencionei Kafka e a influência das suas histórias, os sentimentos que pareciam descender delas. Daí o desejo de assimilar sua irradiação por meio de sessões de escrita empática, como suponho poder chamá-las. Mas a história ficaria incompleta se não me referisse a outro fato, que embora separado fala do mesmo – como se fosse um território paralelo, igual a um segundo mundo, e suas ações correspondentes; não mais aquelas relacionadas à escrita, mas sim à leitura.

Mais ou menos na mesma época em que copiava contos de Kafka, a revista *Crisis* publicou trechos de um autor que eu não conhecia. Uma seleção dos diários inéditos de Enrique Wernicke, ainda hoje sem outra publicação além daquela amostra de 1975, feita por Jorge Asís, cuja nota se completava com um par de fotos de grupos e imagens fac-similares do manuscrito.[54]

Graças à surpresa do inesperado, à intriga do oculto e à materialidade da proximidade física e linguística, Wernicke apresentou-se a mim como um herói mais bem-definido que Kafka. Eu poderia dizer, se não quisesse usar a palavra "dramático": mais peremptório e menos hiperbólico. Era, de uma só vez, o escritor fraturado e portanto cuja presença não se traduzia apenas em abs-

---

[54] Jorge Asís, "Melpómene". Trechos do diário de Enrique Wernicke, Crisis, n. 29, Buenos Aires, 1975. [Inéditos em português, N. T.]

trações ou parábolas e que falava diretamente sobre tudo o que dizia respeito à vida, e a partir dela; e que, de resto, aninhava-se pertinaz na sua casa ribeirinha e vegetal, à mercê da voracidade do rio, equivalente em exaltação e autonomia com essa letra nervosa e escondida.

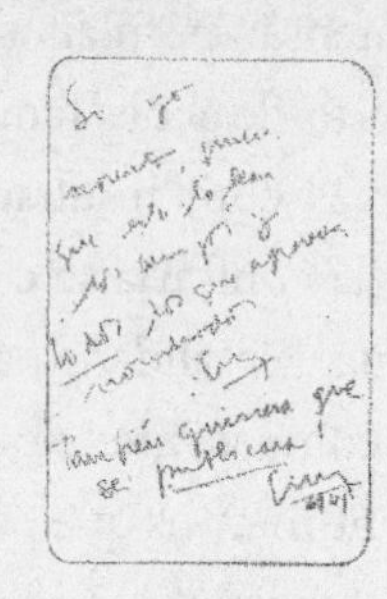

A letra de Wernicke não tinha o traço aplicado dos desenvolvimentos pausados ou especulativos, mas sim a urgência do testemunho nervoso da intimidade – uma verdade difícil de detalhar, mas sentida como única. Nos trechos se mencionavam algumas das suas obras (*La ribera* [A ribeira], *El agua* [A água], peças teatrais, contos), assim como as inconstâncias na escrita ou na publicação. E era sobretudo evidente que para esse autor o diário significava o terreno do inconfessável por outras vias, porque cada aspecto da vida privada ou social, literária, política, amorosa ou profissional, significava um dilema ético que como tal exigia, mais do que uma resolução, manter-se inscrito em papel.

Por outro lado, todavia, penso que apenas graças à presença dessas frases manuscritas – impressas no papel grosso e áspero que contribuía para que cada número da *Crisis* fosse algo como um pedaço da história atualizada –[55] de certo modo sucumbi antecipa-

[55] Na capa da revista, o título aparecia destacado no encadeamento de uma frase, que funcionava como critério de leitura de cada edição e da realidade em geral: "ideas, letras, artes en la crisis" [ideias, letras, artes na crise]. A revista abolia também muitas das letras maiúsculas; propunha assim um campo constante e atraente de discrepâncias ideológicas.

damente ao poder de irradiação dos romances de Wernicke. Não tinham se passado nem dez anos da sua morte, embora tal escrita parecesse pertencer a épocas muitíssimo distantes e obedecer a experiências remotas. Naturalmente, as entradas mais antigas podiam estar afastadas de pleno direito, não era outro o sentido das datas; por outro lado, a qualquer ano que pertencessem, toda frase dava conta da condição insegura – instável – e às vezes marginal e provisória a partir da qual havia sido escrita. No entanto, era o traço manuscrito aquele que operava como um verossímil factual, ou emocional, e deste modo atualizava o conjunto das entradas que, antigas ou mais recentes, davam conta de um passado cancelado em vários sentidos. A letra urgente de Wernicke podia ser uma garantia da verdade tão firme quanto o formato harmonioso de qualquer outra escrita, mesmo que se mostrassem verdades em diferentes graus.

Apenas mais tarde percebi a maneira curiosa como a literatura de um autor, no caso de Kafka, levou-me a buscar restituir-lhe, ou antes oferecer a tal textualidade uma grafia manual, e como a imagem da letra de Wernicke me fez admirar seus romances antes de conhecê-los – e que uma vez lidos os apreciava como só se pode valorizar aquilo que precisamos sentir próximos a nós. A contiguidade entre os fragmentos do tortuoso diário e a presença sôfrega da letra escrita produzia um tom. Seria possível afirmar: o tom que Wernicke acreditava o tempo inteiro faltar a seus livros.

Acabou convencido da inutilidade daquilo que tinha escrito e da sua responsabilidade no fracasso para o qual apontava o fim da sua vida. Várias vezes menciona a escrita privada ou a máquina de escrever como os últimos domínios íntimos, e salienta o diário secreto e póstumo como bastião retórico e literário. Igual a esses pecadores redimidos pela mesma imolação à qual sucumbem; desde onde, desesperados ou arrependidos, aceitam pedir perdão. A letra escrita é também capaz de esperar a próxima oportunidade de se colocar em evidência e assim seguir se revelando por si mesma. Deste modo, por acaso das leituras acabei presenciando um daqueles episódios de absolvição por meio da escrita. Provavelmente nunca saberemos o que na verdade Wernicke sentia, mas observar naquele momento a materialidade da sua escrita me permitiu intuir aquilo que a letra evoca por meio dos seus traços: a entrega quase dogmática a como – mais do que sobre o quê – se está escrevendo.

Vinte e sete. Uma vez fora da loja, parei para olhar a vitrine. O vasinho havia ficado sem companhia. A rua seguia igual, solitária, mas agora parecia animada pela minha nova ilusão – que com o tempo, como se pode ver, comprovou-se ingênua. Havia conseguido a melhor ferramenta, cuja companhia me serviria um pouco como talismã e outro pouco à maneira de lábaro – como mencionei no começo, na segunda advertência. Não importava o que eu escrevia, ou não importava muito. O principal era esse cenário circunscrito ao caderno verde, algo assim como uma ferramenta teatral cuja efetividade consistia na sua presença dócil.

Não exagero se digo que graças à sua irradiação inesgotável escrevi partes inteiras de romances; e até mesmo romances inteiros, aliás do começo ao fim sem ocupar nem uma de suas linhas amarelas para colocar apenas uma das linhas deles. O caderninho foi algo semelhante a um animal de estimação inerte; esses seres que aguentam tudo dos seus donos, como escravos. E à semelhança das reservas perpétuas de amor que por vezes um animal pode ter, este caderno me assegurou, leal e silencioso, uma coisa que para um artista não tem preço: mais do que uma reserva moral, um sentido ideológico ou uma missão estética, colocou ao meu alcance um subterfúgio empírico, uma mentira vital. Não como uma lição que se devesse aprender, mas sim como uma opção prática.

Igualzinho àquelas portas só abertas quando, assolado pela espera e exposto ao destino mais sinistro, o sujeito entende que não há sentido em continuar batendo.

Agora vejo o caderninho sobre a mesa, a pouca distância do computador em que estou escrevendo. Por essas casualidades da circulação das coisas, está meio escondido sob um panfleto de canais da tevê a cabo. O panfleto tem vários anos, apareceu dias atrás dentro de um livro; é uma folha comprida, dobrada em várias seções como colunas, que indica os quase mil canais que então se poderiam ver com a assinatura. Provavelmente hoje já são mais de mil. Mas mesmo sob todo esse peso, o caderninho segue emitindo, silencioso, sua disposição à hospitalidade.

A escrita termina de se mostrar apenas quando é lida. E é então o momento em que naturalmente se diz mais, ou diferente, daquilo que aponta. É o paradoxo conhecido por todo aquele que escreve: isso que o nosso pensamento expressa, o perturba. Não me refiro à linguagem em geral mas, como tentei descrever, às condições particulares que modelam toda a escrita, seja ela material ou imaterial.

Sei que como conclusão pode parecer um tanto vago. Mas não tenho certeza de que se deva sempre ser conclusivo, sobretudo quando nos concentramos nessas emanações estranhas que sobrevivem ao momento da escrita e apontam para algo que está mais além da analogia da letra.

Índice das imagens

Salvador Garmendia, detalhe da página 42 de *Anotaciones en cuaderno negro*. Caracas: Fundación Salvador Garmendia, 2003.

Sergio Chejfec, capa e páginas em branco do caderninho verde.

Fabio Kacero, duas páginas de *Fabio Kacero autor del Jorge Luis Borges, autor de Pierre Menard, autor del Quijote*, 2006. Caneta sobre papel, folha A4. (Cortesia de F. Kacero.)

Tim Youd, *Black Spring, de Henry Miller*, 201 páginas datilografadas em uma Underwood Standard, Los Angeles, abril de 2013; e *Underwood Champion de Charles Bukowski*, escultura efêmera para parede. (Cortesia de T. Youd.)

Bola para Selectric IBM e Margarita para máquinas de escrever eletrônicas, ambas genéricas.

Ezequiel Alemian, duas páginas de *Tratado contra el método de Paul Feyerabend*, Buenos Aires: Spiral Jetty, 2010. (Cortesia de Spiral Jetty.)

Ricardo Piglia, página 228 de *El camino de Ida*. Barcelona: Anagrama, 2013.

Esteban Feune de Colombi, quatro imagens pertencentes a *Leídos. Fotografías de libros intervenidos por 99 escritores*. Biblioteca Nacional, Sala Juan L. Ortiz, Buenos Aires, julho – agosto de 2014. (Cortesia de Esteban Feune.)

Vladimir Nabokov, duas fichas destacadas de *The Original of Laura*. Nova York: Knopf, 2008.

William Kentridge, duas páginas de *No, It Is*. Johanesburgo: Fourthwall Books, 2013. © William Kentridge. (Cortesia da Fourthwall Books.)

Fernando Bryce, detalhe da série *Posguerra Perú*, 2013. Tinta sobre papel, 105 desenhos de dimensões variadas; e detalhes da série *Die Welt*, 2008. Tinta sobre papel, 95 desenhos de dimensões variadas. (Cortesia de Fernando Bryce.)

Mirtha Dermisache, *Lectura pública Nº 3*, 2006. (Cortesia dos herdeiros de Mirtha Dermisache.)

Joaquín Torres García, duas páginas manuscritas de *La ciudad sin nombre*, 1941. (Cortesia do Museu Torres García, Montevidéu.)

Enrique Wernicke, imagens fac-similares de "Melpómene" (diário de EW) publicadas na revista *Crisis* n. 29, Buenos Aires, setembro de 1975.

Sergio Chejfec, páginas escritas do caderninho verde.

Sobre o autor

Sergio Chejfec nasceu em 1956, na cidade de Buenos Aires. Entre 1990 e 2004, viveu em Caracas, trabalhando como editor da revista *Nueva Sociedad*. Recebeu bolsas da Fundação Guggenheim, em 2000, e da Fundação Civitella Ranieri, em 2007. Em 2005, mudou-se para os Estados Unidos e foi professor de escrita criativa na Universidade de Nova York. É autor de mais de uma dezena de romances – entre os quais se destacam *Los incompletos* (2004), *Mis dos mundos* (2008) e *La experiencia dramática* (2012) –, além de contos e ensaios. Últimas notícias da escrita foi originalmente publicado em 2016, pela editora Entropía, de Buenos Aires. Chejfec morreu em abril de 2022, aos 65 anos.

Sobre o tradutor

Giovani T. Kurz é pesquisador e tradutor, doutorando nos programas de Letras Estrangeiras e Tradução da Universidade de São Paulo e de Literatura Comparada da Université Paris 8 – Vincennes/Saint-Denis. Tem bacharelado em Letras e mestrado em Estudos Literários pela Universidade Federal do Paraná e mestrado em Estudos Lusófonos pela Université Lumière Lyon 2. Foi pesquisador no Centro de Estudios Culturales Latinoamericanos da Universidad de Chile e no Institut des Textes et Manuscrits Modernes da École Normale Supérieure de Paris.

Este livro foi produzido no Laboratório Gráfico
Arte & Letra, com impressão em risografia
e encadernação manual.